La leyenda
del rey Arturo

La leyenda del rey Arturo

Raquel Pineda Sotés

Ilustraciones de Rocío Iriarte

Primera edición: febrero 2026

Ilustradora: Rocío Iriarte
Revisión Lectura Fácil: Elisabet Serra

Adapta Editorial
C/ Neopàtria, 93, local
08030 Barcelona
www.adaptaeditorial.com

© Raquel Pineda Sotés, 2026
© Adapta Editorial, 2026 (sello propiedad de Horsori Editorial, S.L.)
Imagen de la cubierta de Tribalium, Freepik

Depósito Legal: B 3643-2026
ISBN: 978-84-19190-80-2
Impreso por PodiPrint

Este logo identifica los materiales que siguen
las directrices internacionales de la IFLA (International
Federation of Library Associations and Institutions)
para personas con dificultades lectoras.
Lo otorga la Asociación Lectura Fácil
Para más información: www.lecturafacil.net

ÍNDICE

INTRODUCCIÓN

La leyenda del rey Arturo
tiene su origen en la mitología celta.

Alrededor del año 1130, Geoffrey de Monmouth
mencionó por primera vez al rey Arturo
en su libro *La historia de los reyes de Britania*.

Se escribieron muchas historias
sobre Arturo y su corte[1].
Chrétien de Troyes marcó el inicio
de la literatura artúrica.
A partir del año 1170, publicó varias novelas
sobre Arturo y los Caballeros de la Mesa Redonda.
Después de él, otros escritores quisieron contar
su propia versión de la leyenda.
Y muchos se basaron en un texto posterior:
La muerte de Arturo, de Thomas Malory.
Una trilogía sobre la historia de Arturo,
publicada en 1485.

---

1. Conjunto de personas de la nobleza y familia que acompaña al rey,
   y convive con él.

Poco a poco, las historias que se iban escribiendo
se alejaban más de la leyenda original.

Es posible que Arturo existiera,
pero no como rey de Britania.
En la literatura galesa se le otorgó el título
de "emperador", que sería el equivalente
a "jefe de guerra", no de rey.
Además, en la mitología celta
también existió un dios llamado Arturo.
Es posible que tanto el guerrero como el dios
se acabaran confundiendo y dieran paso
al rey Arturo que conocemos actualmente.

La historia que leeréis a continuación
sucede en el siglo VI.
La sociedad estaba gobernada por reyes,
que podían ordenar lo que desearan a sus súbditos,
y estos debían cumplir las órdenes.

Además, era habitual que muchos hombres
quisieran convertirse en caballeros, y vivir aventuras.
Luego se celebraban cenas y fiestas
donde podían explicarlas
para demostrar su valentía y honor.

Raquel Pineda Sotés

LOTHIAN

AVALON

CAMELOT

Castillo de Corbenic

Bosque Negro

Glastonbury

CAMELIARD

CORNUALLES

Tintagel

OCÉANO BRITÁNICO

1. EL REY UTHER PENDRAGON

Una noche, en la Britania del siglo VI,
el rey Uther Pendragón organizó una cena
en su castillo. En Camelot.

Las mesas del salón estaban llenas
de platos magníficos.
Los estandartes[2] con el símbolo de la casa, el dragón,
colgaban de las paredes.
Los músicos tocaban canciones festivas.
Y las llamas de las velas
parecía que bailaban al ritmo de la música.

La cena estaba servida
y los invitados se habían sentado.
Poco a poco, se dejó de escuchar la música,
y solo se oían las voces de los asistentes.

---

2. Tela rectangular con el símbolo de una casa o familia
   o el escudo nacional. Lo llevaban los caballeros
   y se colgaba en las casas de las familias importantes.

Mientras tanto, en la cocina
no había tiempo para descansar.
Era una gran cena
y debían preparar más y más platos.
¡Había por lo menos 100 invitados!

Los sirvientes llenaban jarras de vino y de cerveza.
Y cuantas más jarras llenaban,
más hombres y mujeres se levantaban para bailar.

Pasadas unas horas,
había más cerveza y vino en el suelo que en las jarras.

Al final del salón estaba la mesa del rey.
Desde allí observaba todo lo que pasaba en la sala.
Al lado del monarca, se sentaba su consejero,
el mago Merlín,
un hombre mayor con largas barbas blancas.
Los dos reían, embriagados[3] por el vino.

---

3. Ocurre cuando una persona bebe mucho alcohol
   y pierde el control sobre sí mismo.

En un momento de la noche,
Uther Pendragón se fijó en una mujer.
Esa mujer era Igraine, esposa de Gorlois,
duque de Tintagel, en Cornualles[4].

La noche avanzaba,
pero el rey no podía dejar de mirar a Igraine.
Había sido amor a primera vista.
Y la mujer se dio cuenta.

—Mi señor[5] —le dijo a su esposo—,
creo que el rey me mira con ojos de enamorado.

El duque observó al rey.

—Así es, mi señora. Voy a hablar con su majestad.

Gorlois se acercó a la mesa real
y unos guardias le cerraron el paso.
Uther Pendragón ordenó que se apartaran.

---

4. Región del sur de Britania.
5. Forma de dirigirse a las personas, propia de la época,
   sobre todo en la corte.

—Espero que le guste la cena,
duque Gorlois —dijo el monarca.

—Es una cena magnífica, señor. Todo está delicioso.
Pero he venido a hablar con usted,
mi rey, sobre mi esposa.

—Por supuesto. Yo también quiero hablar.
Deseo a su esposa. Es una mujer muy bella.
Duque Gorlois, cumpla mis deseos y entréguemela.

El salón quedó en silencio.
Las últimas palabras del rey resonaron por toda la sala.
El duque estaba sorprendido y enfadado.

—Lo lamento, mi rey, no puedo cumplir sus deseos.
No le entregaré a mi esposa.

Uther Pendragón no esperaba
una negativa a su petición.
Alzó la voz, indignado, y dijo:

—¿Vais a desobedecer a vuestro rey?

Como respuesta, el duque regresó a su mesa.
Cogió a su esposa del brazo
y le indicó que se iban del castillo.
El rey estaba rojo de ira y de vergüenza.
¿Cómo se había atrevido el duque a comportarse así?

Antes de que el matrimonio abandonara la sala,
gritó:

—Lamentaréis haber tomado esta decisión,
duque Gorlois.

Después del incidente de la cena,
los días fueron pasando.
Pero el rey no podía olvidar a Igraine.
Se había enamorado completamente,
y debía castigar la desobediencia del duque.

Uther Pendragón se reunió con el Consejo Real
y les propuso su plan.

—Asediaremos[6] el castillo del duque de Tintagel.
Tendrá que rendirse en algún momento,
y luego Igraine será mía.

El rey acostumbraba a ser una persona bondadosa.
Trataba muy bien a sus súbditos,
pero el amor le había cegado.

—Mi rey, si me permite un consejo,
le recomiendo enviar primero a alguien
con este mensaje:
«Duque de Tintagel, es su última oportunidad.
Obedezca o asediaré su castillo» —dijo su consejero,
el mago Merlín.

El rey estuvo de acuerdo,
y el resto del Consejo asintió.
Poco a poco, todos abandonaron la sala.
Solo quedaron el monarca, el mago y un sirviente.

---

6. Rodear un lugar, una fortaleza, un castillo...,
   para no dejar salir a las personas que hay dentro,
   ni dejar entrar a una posible ayuda.

—Apreciado Merlín,
desde que vi la belleza de Igraine, no duermo.
¿Qué puedo hacer?

—Mi rey, el asedio no durará eternamente.
Y el día que el duque se rinda,
la señora Igraine será suya.
Mientras tanto, le daré unas hierbas
para que pueda dormir. Necesita descansar.

Uther Pendragón asintió, agradecido.
Y Merlín se fue a preparar el brebaje[7]
para el insomnio del rey.

Poco después, el monarca llamó a un mensajero,
para enviar la carta al duque de Tintagel.

Pasó el tiempo, y al sexto día de espera,
recibió la respuesta.
El duque se negaba, de nuevo, a entregar a su mujer.

---

7. Bebida medicinal a base de hierbas.

El rey respiró profundamente, y ordenó:

—Preparad el ejército, los caballos, las provisiones...
¡Preparadlo todo!
El duque se arrepentirá de su decisión.

2. EL ASEDIO

Una semana después, el rey y su ejército
se dirigieron al castillo de Tintagel.
Llevaban carros con comida, armas, tiendas...
No sabían cuánto tiempo estarían allí.
El rey estaba muy emocionado.
Igraine, su amor, vivía allí.

Tardaron unas horas en instalarse.
Pero antes del anochecer,
el campamento ya estaba montado.

El castillo del duque estaba rodeado por una muralla.
Dentro de la zona amurallada,
antes de llegar al castillo,
estaban las casas del resto de habitantes del pueblo.

Esa misma noche empezó la batalla.
No les dio tiempo a sacar el ariete[8].
La guardia del duque abrió la puerta de la muralla.

---

8. Arma medieval. Tronco que se utilizaba para abrir puertas
de castillos y fortalezas. Varios hombres lo cogían
y embestían contra la puerta.

Salieron casi 300 soldados.
Pero Uther Pendragón tenía más: 500 soldados.
Los nobles caballeros del rey,
montados en sus caballos, eran feroces.
Luchaban con valor y orgullo.
Y el mismo rey participó en la batalla.

Durante horas, solo se escuchaba el sonido metálico
de las espadas al chocar;
también gritos, de dolor y de rabia.
Cortaron cabezas, amputaron brazos y piernas.
Algunos caballos acabaron heridos, incluso muertos.

La sangrienta batalla duró hasta el amanecer.
Y la victoria fue del rey.
Los soldados del duque que habían sobrevivido
huyeron a esconderse tras los muros.

Al día siguiente, el rey recontó a sus caballeros.
Había perdido 53 hombres.
Lo lamentó, aunque consideró
que no era un número muy alto.

«Cuando volvamos a Camelot,
celebraremos un entierro en su honor», pensó.

Tres noches después de la batalla,
el rey ordenó otro ataque.
Sus caballeros cogieron el ariete,
y embistieron contra la puerta de la muralla.

Los arqueros del duque
lanzaron flechas contra los caballeros del rey,
pero ellos se protegían con los escudos.
Como vieron que las flechas no servían,
empezaron a lanzar rocas.
Entonces, la guardia del rey preparó la catapulta[9].

Pero cuando Uther Pendragón lo vio,
ordenó que la retiraran.
Si usaban la catapulta podían herir a Igraine.

---

9. Arma medieval con la que se lanzaban rocas muy grandes
   a mucha distancia.

Pasaron los días y las semanas, y el duque no cedía.
Una mañana, al salir el sol,
el rey vio a Igraine asomada a una ventana.
Los rayos de sol iluminaban su cara.
Y Uther Pendragón pensó
que no existía una mujer más bella que ella.
Cuando Igraine descubrió al rey mirándola,
se apartó nerviosa de la ventana.

Esa noche, el monarca se reunió con Merlín.

—No puedo esperar más.
Han pasado casi dos meses.
Quiero volver a casa y que Igraine venga conmigo.
Necesito que me ayudes.

El mago escuchó atentamente al rey
y enseguida supo qué hacer.
Merlín reunió a Uther Pendragón con tres caballeros,
y les explicó su plan.

—Mi rey, fingiréis que queréis hablar con el duque
para negociar el fin del asedio.
Cuando nos dejen entrar, sin que nos vean,
os transformaré en Gorlois.
Y a estos tres señores —señaló a los tres caballeros—
y a mí mismo, en la guardia personal del duque.

Los cuatro hombres asintieron,
y se acercaron a la muralla.

—Soldado —Uther Pendragón llamó
a uno de los hombres que había sobre la muralla—.
Dile a tu señor que deseo hablar con él.
Quiero negociar el fin del asedio.

El soldado ordenó que abrieran la muralla.
El rey entró, con Merlín y sus tres caballeros.
Pasaron por las calles del pueblo
antes de llegar a la entrada del castillo.
Y Merlín aprovechó la oscuridad de la noche
para seguir con su plan.
Dijo unas palabras incomprensibles
y, acto seguido, los cinco cambiaron de aspecto.

Merlín había convertido al rey en el duque Gorlois,
y a los caballeros en soldados del duque.
Incluso Merlín tenía otro aspecto,
el del comandante de las tropas enemigas.

Entonces, el monarca, fingiendo ser el duque, dijo:

—¡Soldado! ¿Dónde está el rey Uther Pendragón?

El soldado se giró, sorprendido.
Pensaba que el rey le seguía.
No esperaba encontrarse al duque y al comandante.

—Mi señor, hace un momento estaban aquí...

El soldado estaba asustado.
Seguro que lo castigarían.

—Comandante, dé la orden de encontrar al rey.
Y vosotros —el falso duque
señaló a los tres caballeros,
que ahora parecían soldados de Tintagel—, id con él.
Voy a ver si mi señora está bien.

El soldado se fue con Merlín y los tres caballeros.
En realidad, buscaban al duque.
Y no tardaron en encontrarlo.
Estaba con el comandante real.

Cuando el soldado lo vio, se sorprendió mucho.
También lo hicieron el duque y el comandante.
Merlín y los caballeros
aprovecharon su confusión para atacarlos.
Los tres cayeron muertos.

Mientras, el rey había entrado al castillo.
Recordó la ventana en la que había visto a su amada.
Estaba en la torre más cercana al campamento.

Subió las escaleras hasta llegar a la última habitación.
Allí estaba Igraine.

Iba vestida con un largo camisón de seda.
La mujer estaba asustada.
Pensaba que algo le había pasado al duque.
Pero allí estaba, frente a ella.

Corrió hacia el rey, pensando que era el duque,
y lo abrazó y besó.

—Mi señora, suyo es mi amor.
Os amo desde el primer día que la vi —dijo el rey.

Igraine, pensando que era el duque, le dijo:

—Mi señor, no existe un hombre
al que ame más que a vos.

Esa noche, Igraine y el rey hicieron el amor.
Y, aunque no lo sabían entonces,
fue el momento en que concibieron a Arturo.

3. LA BODA DE UTHER PENDRAGON E IGRAINE

Por la mañana, el hechizo de Merlín desapareció.
Cuando Igraine despertó
y vio al rey en la cama, gritó:

—¡¡¡Guardias!!! ¡Que venga mi señor esposo!

Uther Pendragón abrió los ojos, sorprendido.
¿Por qué gritaba?

—Mi señora...

—¡No! —le interrumpió ella—. ¡Me ha engañado!
¡Me ha deshonrado[10]!
No podré volver a mirar a mi marido por la vergüenza.

En ese momento,
entraron los guardias en la habitación.
Pero eran los guardias del rey.

---

10. En esa época, si las mujeres tenían relaciones sexuales
    con una persona que no fuera su marido, perdían su honor.

—Mi rey —dijo uno de ellos—,
el duque ha muerto esta noche.

Igraine empezó a llorar, pero pensó: «Si mi esposo
ha muerto, la deshonra no es tan grande».

Tras la muerte del duque,
el pueblo y los soldados tenían un único gobernante:
Uther Pendragón, rey de Britania.

Ese mismo día, el antiguo Consejo del duque
se reunió con Igraine.

—Mi señora, habéis pasado la noche con el rey.
Él os ama. Os aconsejamos que os caséis con él
—dijo uno de los hombres.

—¿Quieren que me case con el rey?
¡Por su culpa mi esposo ha muerto!

—Lo sabemos, pero es un buen hombre, y os adora.
Os tratará muy bien.
Seguro que os podréis enamorar de él.

—Dejadme sola —pidió Igraine.

Pasó el resto del día en su habitación. Sola.
Por la noche, fue a buscar al monarca.
Lo encontró en el salón,
donde se celebraba una cena por la victoria del asedio.
Igraine se acercó a la mesa
donde se encontraba Uther Pendragón.
Él se alegró mucho de verla.

—Deseo hablar con usted, mi rey —dijo Igraine.

—Me hace feliz que desee hablar conmigo.
¿Qué quiere, mi señora?

Ella miró a su alrededor. El salón estaba lleno.
¿Era el mejor lugar para hablar?
«Da igual, debo ser valiente», pensó.

—Dice que me ama.
Pero, por haberse acostado conmigo,
me ha deshonrado. Y, aunque esté viuda,
esta deshonra me acompañará toda la vida.

Todo el salón quedó en silencio.
Igraine había sido muy atrevida.
¿Cómo reaccionaría el rey?
Uther Pendragón se levantó, sonrió, cogió aire y dijo:

—No os preocupéis, amada mía.
Mañana mismo me casaré con vos.
No hay otra cosa que desee más en este mundo.

Se giró hacia sus soldados,
y les comunicó lleno de orgullo:

—Estimados señores.
Mañana me casaré con esta bella y valiente dama.
¡Bebamos para celebrarlo!

Igraine estaba sorprendida.
No esperaba esa respuesta.
Pero le agradó el comportamiento del rey.
Y pensó: «Quizás no será tan malo ser su esposa».

La ceremonia se celebró al día siguiente,
en el patio de armas del castillo.

Los invitados, la mayoría soldados
y caballeros del rey,
llenaban más de la mitad del espacio.
El monarca vestía su armadura.
Igraine llevaba un vestido largo azul, de terciopelo.
Fue una ceremonia sencilla, pero muy bonita.

Los recién casados pasaron tres semanas en Tintagel.
Y decidieron volver a Camelot a finales de mes.
Pero Igraine supo antes que estaba embarazada.

4. EL NACIMIENTO DE ARTURO

Al saber que Igraine estaba embarazada,
decidieron retrasar la vuelta a Camelot.
El rey no quería que su esposa y futuro hijo
corrieran ningún riesgo.

La vida en el castillo de Tintagel era tranquila.
Uther Pendragón salía a cazar
con algunos de sus hombres.
Igraine cosía junto a otras mujeres.
Con ella también estaban Morgause y Elaine,
hijas de Igraine y el duque Gorlois.

Morgana, la pequeña de las tres hermanas,
tenía otras aficiones.
Tenía seis años y ya sabía leer perfectamente.
Le gustaba coger libros de la biblioteca de su madre.
Sus preferidos eran los de hierbas medicinales.
Ese día cogió uno y salió al jardín
para encontrar algunas de las plantas
que aparecían en el libro.

Morgana no era como sus hermanas.
Era una niña curiosa, revoltosa y muy inteligente.
Además, las sirvientas siempre decían
que cuando creciera sería una joven bellísima.
Tenía los ojos verdes y grandes,
la piel blanca y una larga melena negra.

La vida en el castillo era plácida,
pero fuera, la gente de Cornualles estaba indignada.
Igraine se había casado con el rey,
el hombre que había causado la muerte del duque.
Además, ¡esperaba un hijo suyo!

El monarca era consciente
del descontento del pueblo.
Y un pueblo enfadado podía ser peligroso.
Así que organizó un torneo para calmar los ánimos.
Una fiesta siempre era motivo de alegría.

Llegaron juglares[11] de otras aldeas y ciudades.
Se reunieron caballeros de gran renombre.

---

11. Hombres que recitaban y cantaban poemas, historias...
    Tanto en las calles como en la corte.

Los cocineros trabajaban sin descanso.
El pueblo de Tintagel se llenó de comerciantes:
vendían telas, comidas exóticas, juguetes...

Sin duda, la gente olvidó su enfado
y pensó que el rey no era tan malo.
El duque nunca había organizado fiestas.

Durante las celebraciones, Merlín usó su magia
para divertir tanto a adultos como a niños.

Morgana lo vio y se maravilló.
Había visto a aquel hombre acompañar al rey.
Pero ¿cómo podía hacer que un árbol caminara?
¿Cómo transformaba un perro en un gato?
¿Cómo conseguía que las flores cantaran?

Cuando Merlín terminó su demostración,
la joven Morgana corrió hacia él.

—Enséñame —le pidió la niña.

—¿Qué quieres que te enseñe? —le preguntó Merlín, simulando estar sorprendido.

El mago había observado a Morgana
las últimas semanas.
Sabía que era una niña inteligente, curiosa...
Además, él ya sabía que la hija pequeña de Igraine
sería su alumna.
Merlín podía ver el futuro.

—Enséñame magia. —Los ojos de la niña
brillaban con ilusión—. Por favor. Quiero aprender.

—Muy bien. Lo haré. Pero tendrás que esperar.
Cuando nazca tu hermano, cumpliré tus deseos.

A partir de ese momento,
Morgana no se separaba de su madre.
Y a cada hora, decía:

—Madre, ¿va a nacer ya el bebé?

Igraine pensaba que su hija
quería conocer a su nuevo hermano.
Entonces sonreía, le acariciaba la cara y contestaba:

—Todavía no, hija mía. Pero no falta mucho.

Y tenía razón.
No faltaba mucho.
Dos días después, la mujer se puso de parto.

Las parteras[12] tuvieron mucho trabajo esa noche.
A pesar de que Igraine ya había tenido tres hijas,
esta vez tuvo algunas complicaciones.
En cuanto el rey se enteró, corrió a ver a su amada.

Después de varias horas, el niño por fin nació.
Uther e Igraine se miraron, felices, y se besaron.
Las parteras limpiaron al recién nacido
y se lo entregaron a la madre,
quien lo empezó a amamantar.

---

12. Mujeres que ayudaban en el parto y tenían algún conocimiento
     sobre medicina. Actualmente son las matronas o comadronas.

—Es un niño —informaron las parteras.

—Se llamará Arturo —anunció Igraine—.
Y será fuerte y valiente como un oso.

—Mi primogénito...
Pequeño Arturo, algún día serás el rey de Britania.
Y vencerás a cualquier enemigo
que se interponga en tu camino —dijo Uther,
y luego añadió—:
Sus ojos son como los vuestros, mi señora.

Sin embargo, ese momento de felicidad
no duró mucho.
Igraine seguía sangrando,
y las parteras no lograban detener la hemorragia[13].
Llamaron al médico.
Pero no pudieron hacer nada.

---

13. Pérdida excesiva de sangre difícil de contener.

Cuando la mujer comprendió que se moría,
pidió que el rey se acercara y, con voz débil, le dijo:

—Mi señor, estos meses
he conocido vuestra bondad, gentileza y amor.
Y, sin quererlo, me he enamorado de vos.
Uther Pendragón, rey de Britania,
rey de los bretones...
Os amo.

El rey ordenó que los dejaran solos.
Él también sabía que su amada se moría.
Y no pudo evitar llorar.

—Mi señora, os amo desde la primera vez que os vi.
Y os amaré hasta el día de mi último aliento.

La abrazó y la besó.
Al amanecer, Igraine falleció.

Todo el pueblo lloró la pérdida de su reina.
Ese día, Uther Pendragon
vio a su hijo por última vez.

Durante una semana,
una nodriza[14] se encargó del cuidado del niño.
Luego, el rey decidió volver a Camelot.
El castillo de Tintagel
le recordaba a su difunta esposa.
Pero quería volver solo.

Así que mandó casar a Morgause
con el rey Lot de Lothian.
A Elaine la casó con el rey Nantres de Garlot.
Y dejó a Morgana y a Arturo a cargo de Merlín.

El mago habló con sir Héctor,
un caballero de confianza de Uther.
Su mujer había dado a luz pocos días antes
a un niño llamado Kay,
por lo que podría amamantar a Arturo.

—Noble caballero, ¿podríais cuidar de este niño?
Su nombre es Arturo, y no tiene padres
—mintió el mago.

_____

14. Mujer que se encarga de amamantar a bebés de otras mujeres.

—Será todo un honor, mi señor Merlín.
Lo criaré como a mi propio hijo,
y Kay tendrá un hermano.

Sir Héctor se fue con el niño.
Merlín se giró hacia Morgana,
que lo miraba con sus grandes ojos verdes.

—Morgana, algún día, ese niño será rey.
Y tendrás que saber cómo proteger a tu hermano.

La niña observó cómo sir Héctor se alejaba.
Luego, antes de marcharse con Merlín
hacia su casa en el bosque, dijo:

—No dejaré que le pase nada.
Soy su hermana mayor.

5. EL TORNEO

Pasaron 16 años.
Uther Pendragón acababa de morir,
después de pasar mucho tiempo en cama, enfermo.
Dos días después se iba a celebrar un torneo
en su honor.

Durante esos años, Arturo tuvo una infancia feliz.
Aunque, al crecer, él y su hermano
no se llevaban muy bien.

Sir Kay era un chico engreído.
Sobre todo desde que fue nombrado caballero,
como su padre.
Entrenaba cada día, y deseaba ir al torneo
organizado en honor al rey para demostrar su fuerza.

Arturo era un joven apuesto,
aunque no tan fuerte como sir Kay.
Su hermano lo usaba como escudero
para que cargara con la espada, el escudo...
Y no lo trataba demasiado bien.

Cuando sir Héctor llegó a casa,
les dijo a sir Kay y Arturo:

—Hijos míos, hoy mismo saldremos hacia Camelot.
Y tú, Kay, participarás en el torneo.

El joven estaba visiblemente emocionado,
aunque no quería demostrarlo.
Arturo fue a preparar su equipaje:
una muda en un saco.

Una hora más tarde ya lo tenían todo listo.
Cogieron el pan con jamón
que su madre había preparado,
fueron a por los caballos y se marcharon.
Arturo cargaba, además,
con el escudo y la espada de sir Kay.

Al amanecer llegaron a una posada de Camelot.
Decidieron descansar allí hasta el día siguiente,
cuando se celebraría el torneo.

Los tres vieron que la gente de la posada[15]
estaba bastante agitada.
Sir Héctor se acercó a dos hombres
que estaban sentados bebiendo cerveza.

—Disculpad, mis señores, ¿ha ocurrido algo?
Todos parecen alterados.

Los dos hombres se miraron entre ellos, sorprendidos.

—¿No sabéis nada, mi señor? —preguntó uno.

—Ya se sabe quién será el futuro rey —dijo el otro.

—¿Y quién será? —preguntó con asombro sir Héctor.

—Bueno, no se conoce el nombre todavía...
Hay una roca, frente a la iglesia,
que tiene una espada clavada.
Una inscripción dice
que aquel que logre sacarla será el legítimo rey.
Aunque ningún caballero ha logrado extraerla.

---

15. Hostal para viajeros.

Sir Héctor les agradeció la información.
Regresó junto a sus hijos y les contó la noticia.

—¡Padre, yo sacaré la espada! ¡Vayamos a la iglesia!
—exclamó sir Kay.

Sir Héctor le dijo que debía descansar,
al día siguiente era el torneo.
Y si él debía ser el rey,
nadie más sacaría la espada antes.
El joven caballero asintió, descontento.

Mientras tanto, Arturo soñaba despierto,
sin escuchar lo que su padre les acababa de contar.
Se miraba los brazos, las piernas... y suspiraba.
No podía aspirar a ser caballero
con ese cuerpo tan delgado.
Pero si entrenaba duro, algún día podría serlo.

«Dejaría de ser el escudero de mi hermano
y tendría uno para mí», pensó.

Ese día decidió que, después del torneo,
cuando regresaran a casa,
entrenaría cada día hasta ser nombrado caballero.

Pasaron la tarde y la noche
tranquilamente en la posada.
Y al amanecer, recogieron sus cosas
y fueron a la plaza, en el centro de Camelot,
donde se celebraría el torneo.
Al llegar, sir Kay se inscribió
en la lista de participantes.

La gente estaba muy animada.
Parecían haber olvidado la muerte del rey.
Había puestos en las calles
con telas y alimentos exóticos,
los niños corrían alegres,
las mujeres lucían vestidos festivos...
Los herreros trabajaron todo el día.
Se decía que eran los mejores herreros del reino,
y todos los caballeros que habían llegado
deseaban un arma forjada en Camelot.

Ya se acercaba el turno de sir Kay en el torneo,
y Arturo le ayudó a ponerse la armadura,
pero cuando fue a coger la espada, no la encontró.
Miró a su alrededor nervioso y asustado.
Entonces se acordó...
¡Se la había dejado en la posada!

—Hermano... He olvidado la espada —dijo Arturo.

—¡¿Cómo?! ¡No sirves ni como escudero!
¡Ve a buscarla inmediatamente! —exigió sir Kay.

Arturo se marchó corriendo a buscarla.
Al llegar a la posada,
llamó a la puerta repetidas veces,
pero nadie abrió ni contestó.
Habían cerrado para ir al torneo.
Arturo se desesperó. ¿Qué iba a hacer?

Pasaron unos hombres que se dirigían a la plaza,
y escuchó que hablaban sobre una espada
que estaba clavada en una roca, frente a la iglesia.

El joven no dudó ni un instante.
Corrió hacia la iglesia y, al llegar, no vio a nadie,
todos estaban en el torneo.

Se acercó a la roca, sin leer la inscripción.
Cogió la empuñadura, tiró y, sin ningún esfuerzo,
sacó la espada.
Luego regresó rápidamente
con su padre y su hermano.

—Esta no es mi espada —dijo sir Kay.

—No había nadie en la posada
y he encontrado esta...

—¿De dónde la has sacado, Arturo?
—preguntó sir Héctor.

—Estaba clavada en una roca, frente a la iglesia.

A sir Kay se le iluminaron los ojos.

—¡Padre, tengo la espada! ¡Soy el futuro rey!
—exclamó.

—Hijo mío, no te pertenece a ti.
Ha sido tu hermano quien la ha sacado
—dijo el caballero. Luego le preguntó a Arturo—:
Si vamos a la iglesia
y metemos de nuevo la espada en la roca,
¿podrías enseñarnos cómo la extraes?

Arturo asintió, sin comprender qué estaba pasando.
Solo había sacado una espada de una roca.
¿Qué importancia tenía aquel hecho?

Cuando llegaron,
sir Héctor introdujo la espada en la roca.
Sir Kay probó a sacarla.
Tiró de ella con fuerza, pero no fue capaz.
Su padre también lo intentó, y fue en vano.

—Arturo, tu turno —dijo sir Héctor.

El joven no entendía por qué su padre y su hermano
no eran capaces de sacar la espada.
Se acercó a la roca, cogió la empuñadura y tiró.
Cuando sir Héctor y sir Kay
vieron la espada en su mano, se arrodillaron.

—Padre, hermano... ¿Por qué os arrodilláis?
Por favor, levantaos —pidió Arturo.

Mientras tanto, la gente que pasaba cerca
se detenía para observar qué pasaba.
Y cuando vieron que Arturo había sacado la espada,
empezaron a murmurar y también se arrodillaron.
El joven estaba confuso, ¿qué pasaba?

Se acumuló tanta gente a su alrededor
que era casi imposible moverse.
Pero un hombre consiguió abrirse camino
entre la multitud.
Un hombre mayor, de larga barba blanca,
vestido con una túnica[16] oscura desgastada.

16. Vestidura con o sin mangas, que acostumbra a llegar hasta los pies.

Detrás de él, iba una joven de larga melena morena,
que clavaba sus ojos verdes en los de Arturo.

—Mi señor —dijo el hombre—,
permítame presentarme:
mi nombre es Merlín el Mago.
Y la joven que me acompaña es Morgana el Hada.

Señaló a la chica a su espalda.

—Yo soy Arturo —se presentó el joven.

—Legítimo rey de Britania —añadió Merlín.

—¿Cómo? —replicó Arturo, sin comprender.

El mago le señaló la roca
de donde había sacado la espada,
y le pidió que leyera la inscripción:
«Solo el legítimo rey
será capaz de extraer esta espada».

—Pero... debe de haber un error
—empezó a decir el joven.

—¡Sí! ¡Seguro que ha sido un error!
—exclamó un caballero
entre la multitud arrodillada.

—¡Exacto! ¡No pienso aceptar
que un plebeyo sea mi rey! —gritó otro.

—¡Silencio! —ordenó Merlín—.
Arturo es el hijo de Uther Pendragón.

Todos callaron, y el mago explicó
cómo había entregado al hijo de Uther a sir Héctor,
y cómo este lo crio como a su propio hijo.

Arturo había llegado a Camelot como simple escudero,
y ahora permanecería allí como rey.

Al día siguiente, se celebró la coronación.
Asistió toda la ciudad,
y los caballeros juraron fidelidad al nuevo rey.

Arturo nombró a sir Héctor y sir Kay
parte de su guardia personal
y le pidió a Merlín que fuera su consejero,
quien accedió con gusto.

Morgana el Hada, quien había recibido
ese sobrenombre gracias a sus poderes,
que casi superaban los de Merlín,
desapareció para regresar al bosque.

La celebración duró toda la noche.
Y cuando ya empezaba a amanecer,
antes de que todos volvieran a sus casas,
corearon al unísono:

—¡Viva el rey Arturo! ¡Larga vida al rey!

6. ARTURO Y MORGAUSE

Habían pasado varias semanas desde la coronación.
Durante ese tiempo, Merlín se había ido al bosque,
junto a Morgana,
y Arturo había entrenado con mucho empeño.
Debía convertirse en un rey fuerte y digno.
Además, se reunía diariamente con su Consejo.
Aprovechando que Uther Pendragón estuvo enfermo
durante los últimos años de su vida,
los sajones[17] habían invadido parte de Britania,
y debían pensar una estrategia
para reconquistar sus tierras.

Mientras tanto, el rey Lot de Lothian
había enviado al castillo de Camelot a su mujer,
Morgause, para espiar a Arturo.
Quería encontrar la forma de destronarlo
y, de este modo, ocupar su lugar.

---

17. Tribus germánicas originarias de Alemania.
    Con el tiempo, se expandieron por Europa y las Islas Británicas.

Al fin y al cabo, Morgause era la hermana
del legítimo rey de Britania,
aunque no muchos lo sabían.
De hecho, Arturo desconocía
que tenía tres hermanas.
Aunque ellas sí sabían que Arturo era su hermano.

Morgause fue bien recibida en el castillo,
pues era una dama noble
y, por ello, merecía un buen trato.
Pero pasaban los días
y todavía no había conocido a Arturo.
Tan solo había oído rumores sobre él,
y todos eran buenos.

Al quinto día, mientras Morgause paseaba
por los jardines del castillo, vio a un joven apuesto
entrenando con la espada, solo.
Era alto, rubio y de ojos claros.
Inmediatamente se sintió atraída por él,
y se acercó para verle mejor.
Ella no lo sabía, ¡pero se trataba de Arturo!

—Buenos días, mi señor —dijo ella.

El joven rey miró a la mujer sorprendido,
no la había oído llegar,
estaba demasiado concentrado
practicando con su espada.
Arturo la observó y pensó que era una mujer
muy bella, de ojos azules, labios carnosos
y melena castaña.

—Buenos días, mi señora, ¿deseáis alguna cosa?
—preguntó él.

—¿Me regalaríais algo de vuestro tiempo
para conversar con vos?

Morgause se acercó sensualmente a Arturo.

El joven no tenía experiencia amorosa con mujeres,
pero se sintió atraído por Morgause,
y daba por sentado que ella sabía quién era él.
¿Pero quién era esa mujer?

—Nada me complacería más, mi señora.
Sin embargo, ¿sería muy atrevido de mi parte
preguntar por su nombre?

—Me llaman Bryana, mi señor —mintió Morgause.

No quería que el joven supiera quién era ella,
pues era una mujer casada.
Y tampoco le interesaba saber quién era él,
imaginaba que debía ser un caballero.

Pasaron horas hablando,
y, a medida que pasaba el tiempo,
se sentían más atraídos.

—Mi señora, empieza a anochecer,
deberíamos volver adentro —sugirió Arturo.

—Sí, deberíamos,
pero... ¿puedo preguntaros una cosa?

—Por supuesto.

—¿Me permitiríais pasar la noche con vos?
Las noches aquí resultan muy solitarias.

Arturo accedió inmediatamente.
Deseaba yacer[18] con aquella mujer.

Acordaron encontrarse a medianoche
en aquel mismo lugar.
Luego irían con discreción
hasta la habitación de Arturo,
para que nadie pudiera descubrirlos.

Y así fue. Al llegar la medianoche, siguieron el plan.
Aquella noche, Arturo y Morgause
se dejaron llevar por la pasión, e hicieron el amor.
Luego se quedaron dormidos, abrazados.

Al amanecer, dos guardias llamaron a la puerta:

—Mi rey, el Consejo está reunido
y necesita vuestra presencia.

---

18. En este contexto, compartir cama con alguien
con intenciones sexuales.

—De acuerdo, ahora mismo iré a la reunión
—dijo Arturo, todavía adormilado,
y los guardias se retiraron.

Morgause lo había escuchado todo.
Ese joven era el rey.
¡Se había acostado con su propio hermano!

En cuanto Arturo salió de la habitación,
Morgause pidió a un sirviente
que le prepararan un carruaje.
No pensaba quedarse allí más tiempo.
¡Qué terrible error había cometido!

—Jamás explicaré lo ocurrido.
Nadie puede enterarse —murmuró para sí misma.

7. TRAICIÓN, PROFECÍA Y EXCALIBUR

Durante los meses siguientes,
Arturo y su ejército lucharon brutalmente
contra los sajones, reconquistando los territorios
que estos habían invadido.
El joven rey había aprendido
a manejar la espada a la perfección.
Era un duro rival para sus enemigos.

Sin embargo, una noche su suerte cambió.
Todos estaban durmiendo en el campamento
que habían montado cerca de una de tantas ciudades
tomadas por los sajones.
Sigilosamente, una joven mujer
se infiltró en el campamento
y se acercó a la tienda del rey,
que dos guardias custodiaban.

No podía arriesgarse a que la descubrieran
y, resguardada por la oscuridad de la noche,
alargó las manos y pronunció un conjuro.
Los guardias se durmieron al instante.

La joven entró y observó un momento al rey
mientras dormía.
Solo veía su silueta, gracias a la luz de la luna
que se filtraba.

—Lo siento, hermano —dijo ella.

La joven era Morgana el Hada,
que había ido al campamento
para echar un maleficio sobre la espada de Arturo.
Así, esta se rompería en mitad del combate.

Sin embargo, sus intenciones no eran malvadas.
Ella, como Merlín, era capaz de ver el futuro,
y sabía que, si la espada de Arturo se rompía,
él conseguiría una mejor.
Pero no pensó en las consecuencias
que su maleficio podría causarle a su hermano.

—¿Quién anda ahí? —preguntó un caballero,
que se había despertado
y había visto una sombra moverse.

Morgana no contestó.
Pronunció unas palabras incomprensibles
y desapareció.

Al día siguiente, al amanecer, empezó la batalla.
Los sajones eran hombres fuertes
y luchaban con bravura. No se rendían.
Pero Arturo era más ágil y no lograban herirlo.
Su ejército, al contemplar la valentía de su rey,
atacaba con más ferocidad,
orgulloso de batallar al lado de un rey
tan noble y fuerte.

Sin embargo, después de dos horas de combate,
la espada de Arturo se partió,
y un sajón le clavó la suya en el costado izquierdo.
Por fortuna, no le atravesó ningún órgano.

En cuanto los soldados vieron herido a su rey
fueron a protegerle.
Entre todos lograron sacarlo de la batalla
y ordenaron la retirada.

El médico del campamento limpió y vendó
la herida de Arturo.
Pero debían volver cuanto antes a Camelot,
y ese mismo día emprendieron el regreso.

Una semana después, cuando la vida del rey
ya no peligraba, recibió una visita. Era Merlín.

—Buenos días, mi rey. ¿Cómo os encontráis?
—dijo el mago.

—Pero qué ven mis ojos... ¡Has vuelto, viejo amigo!
—exclamó Arturo. Hacía un año que no lo veía.

—Mi rey, debo decirle algo importante.

—¿De qué se trata? —preguntó Arturo, preocupado.

Merlín le explicó que tenía tres hermanas
por parte de madre:
Morgause, Elaine y Morgana, su aprendiz.
También que la dama
con la que se había acostado tiempo atrás
era una de ellas, Morgause.

Ella había ocultado su nombre real,
pues era una mujer casada y, cuando se acostaron,
desconocía la identidad de Arturo.

Ante la cara de sorpresa de Arturo,
Merlín siguió hablando:

—Mi rey, hay más todavía...
Vuestra hermana Morgause
quedó embarazada esa noche.
Dio a luz a un niño a primeros de mayo.

Arturo estaba horrorizado.
¡Se había acostado con su hermana
y habían engendrado un niño!

—Y, por último, lo más importante
—continuó Merlín—. Tengo una profecía para vos,
mi querido rey:
«Vuestro reinado llegará a su fin
por la traición de un hombre
que considerabais un aliado».
Un hombre nacido a primeros de mayo de este año.

—¿Mi propio hijo me traicionará? —dedujo Arturo.

—Puede ser cualquier hombre
que haya nacido en esas fechas.

Arturo, llevado por el temor
a que se cumpliera la profecía, ordenó:

—Que maten a todos los niños
nacidos a primeros de mayo.

Y así se hizo. Durante las dos semanas siguientes,
varios soldados se encargaron de cumplir la orden.
Dejaron a todos los niños nacidos en esas fechas
solos en un barco que iba a la deriva.
Tiempo después, el barco naufragó.

Por ese entonces,
Arturo ya estaba recuperado de su herida
y paseaba por los jardines.
Añoraba estar en batalla,
pero le faltaba una espada con la que luchar.
Mientras pensaba en ello, Merlín se acercó.

—Mi rey, me gustaría ayudaros.
Necesitáis una espada, pero no una cualquiera...

—¿Qué queréis decir, sabio Merlín?

—Acompañadme, mi señor, y lo averiguaréis.

Los dos hombres montaron a caballo
y emprendieron el camino.
Entraron en el Bosque Negro y, al llegar a un lago,
se detuvieron.
El joven rey miraba al mago sin entender nada.
¿Por qué estaban allí?

—Mi señora Viviana, Dama del Lago,
acudid a nuestra llamada —empezó Merlín—.
El rey Arturo, señor de Britania,
necesita vuestra ayuda.

De pronto, del centro del lago,
surgió una mujer de piel y pelo claros
envuelta en una luz.

Se acercó a ellos caminando sobre el agua,
y cuando estuvo frente a los dos hombres,
Arturo pudo ver que tenía una espada.

La Dama del Lago le entregó la espada al mago.
Luego miró a Arturo,
inclinó la cabeza a modo de saludo,
y regresó por donde había venido.
Cuando desapareció,
Arturo observó a Merlín, sorprendido.

—Esta espada se llama Excalibur
—empezó a explicar Merlín—,
y su vaina[19] es mágica.
Mientras la llevéis con vos en las batallas,
nunca perderéis una gota de sangre.

---

19. Funda ajustada para armas como espadas, dagas...

8. UNA REINA PARA ARTURO

Habían pasado 15 años
desde que Arturo fue coronado rey.
Todos los territorios invadidos
habían sido reconquistados.
Incluso habían conquistado nuevas regiones.

Un día, el rey Leodegrance, de Cameliard,
pidió ayuda a Arturo, de quien era aliado.
Un enemigo de Leodegrance
le había declarado la guerra
y no tenía tropas suficientes para hacerle frente.

La batalla no duró demasiado.
El ejército de Arturo era poderoso,
y junto al de Leodegrance,
superaban en número al ejército enemigo.

Para celebrar la victoria, la noche siguiente,
el rey de Cameliard organizó una cena
en honor a Arturo y sus caballeros.

Esa noche, Arturo conoció a Ginebra,
hija de Leodegrance.
Quedó totalmente enamorado.
Era una joven bellísima, de larga melena lisa y rubia
y ojos color miel.

Ginebra se sentaba al lado de su padre,
que presidía la mesa desde uno de los extremos.
En la otra punta se encontraba Arturo,
con sir Kay y sir Héctor a su derecha,
y Merlín a su izquierda.

Durante la cena, el rey Arturo y la princesa
se miraron varias veces.
Y cuando uno descubría al otro observándole,
apartaban la mirada, avergonzados.

Al día siguiente, Arturo ordenó a su ejército
que regresara a Camelot.
Sin embargo, él alargó su estancia una semana más,
y Merlín permaneció con él.

A lo largo de esa semana,
Arturo intentó acercarse a Ginebra.

Al tercer día, la encontró sentada en un banco
bajo un roble del jardín del castillo,
junto a su doncella.

—Buenos días tengáis, mi señora —saludó él.

—Buenos días, mi rey —contestó ella, sonriendo.

—Permitidme deciros que esta mañana
estáis todavía más bella que la noche que os conocí.

—Me halagáis, mi señor,
pero no digáis esas palabras si no las pensáis.
Podría hacerme una idea equivocada
de vuestras intenciones —dijo Ginebra, coqueta.

—Mi bella señora, jamás os engañaría.
Si pudiera, os entregaría mis ojos
para que pudierais veros como yo lo hago
—replicó él.

—Os creo, mi rey.
Sois un buen hombre, apuesto y valiente.
Me siento muy afortunada
de que me veáis de este modo.
Y todavía será más afortunada
la mujer con la que os caséis.

Arturo se quedó pensativo unos segundos.
Después se despidió.

—Mi señor, ¿os he ofendido?
Si mis palabras os han disgustado, lo lamento.
No tenéis porqué marcharos tan pronto.
Me agrada vuestra presencia
—dijo Ginebra, sonrojada.

La princesa sentía un gran afecto por Arturo,
pero le avergonzaba que él pudiera descubrirlo.
Le parecía un hombre muy honorable,
con un gran atractivo.
Pero desconocía los sentimientos del rey bretón.
Aunque era evidente que Arturo sentía lo mismo.

—Mi bella señora, jamás podríais ofenderme,
pero debo ausentarme unos minutos —dijo Arturo,
y se acercó a Ginebra y acarició su mejilla—.
¿Me esperaréis?

—Siempre —contestó Ginebra, nerviosa.
La caricia del rey le había acelerado el corazón.

Arturo sonrió y se fue a buscar a Merlín.
Debía consultar con él la decisión que había tomado:
pedir la mano de Ginebra.

Él era el rey de Britania,
tenía una gran responsabilidad,
y necesitaba que Merlín
le dijera que era una buena idea.
Lo encontró sentado en su habitación, leyendo.

—¿Qué deseáis, mi rey? —preguntó el mago,
cuando vio entrar a Arturo.

—Mi viejo amigo Merlín...
Hace ya mucho tiempo que nos conocemos,
desde que fui coronado rey hace 15 años.
¿Y qué es un rey sin su reina?

Arturo se movía nervioso
de un lado a otro de la habitación.

—Mi honorable señor,
¿intentáis decirme que deseáis casaros?

Arturo se detuvo frente al mago.

—Sí, deseo casarme...
Con la más bella de las damas: Ginebra,
hija de Leodegrance de Cameliard —afirmó el rey—.
¿Qué opináis al respecto?

—¿Estáis enamorado, mi estimado Arturo?
—preguntó Merlín, con un tono paternal.

—Estoy loco de amor.
Ni siquiera cuando duermo dejo de pensar en ella.
Es la joven más hermosa que he conocido nunca,
y en sus ojos observo astucia e inteligencia.
Pero si ella no siente lo mismo,
mi vida ya no tendrá sentido.

—Si lo que decís es cierto,
solo puedo animaros a que os caséis con Ginebra.
Es una dama noble,
y este matrimonio reforzará la alianza
entre el reino de Cameliard y el de Camelot.

—Os agradezco vuestras palabras, sabio Merlín.
¡Voy a buscar a mi amada
y a confesarle mis sentimientos!
—exclamó el rey bretón, feliz.

Arturo se apresuró a volver al jardín.
Le latía el corazón con fuerza,
deseaba que Ginebra le correspondiese.
Encontró a la dama junto a su doncella
en el mismo banco donde las había dejado.

—Mi bella señora —dijo Arturo,
mientras cogía las manos de Ginebra
y tiraba un poco de ella para que se levantara—,
desde la noche en que os vi por primera vez,
no he dejado de pensar en vos.

»Estimada Ginebra, sois la dama más bella,
ingeniosa y noble que he conocido.
Deseo pasar toda mi vida junto a vos.
Y os aseguro que seré el hombre
más afortunado del mundo
si vos deseáis lo mismo.... —Arturo hizo una pausa,
respiró hondo y preguntó—: ¿Queréis ser mi esposa?

Ginebra no dudó ni un instante,
se acercó más a Arturo y le besó.

—Mi señor Arturo, nada me haría más feliz.
Estoy enamorada de vos
desde la noche en que os conocí.

Esta vez, fue Arturo quien la besó.
Estaba emocionado, feliz. Su amor era correspondido.

—Mi querida Ginebra —dijo él,
mientras le acariciaba la mejilla—,
ahora debo hablar con vuestro padre,
el rey Leodegrance,
para que nos dé su consentimiento.

Arturo fue a buscar al padre de su amada
y lo encontró en su biblioteca.
Leodegrance se alegró mucho al escuchar
que Arturo deseaba casarse con su hija.
Y empezó a llamar a sus sirvientes
para que lo prepararan todo para la boda:
se casarían en dos días.

9. LA MESA REDONDA

Durante los dos días previos a la boda,
los sirvientes corrían de un lado a otro,
preparándolo todo. Casi no tenían tiempo.
Llegaron caballeros leales a Arturo,
damas amigas de Ginebra...
Todos querían celebrar el amor
entre el rey y la princesa.

Finalmente llegó el día, y la ceremonia fue preciosa.
Ginebra llevaba un vestido largo
de un color verde muy claro,
con unas mangas tan largas que casi tocaban el suelo.
Arturo, al igual que su padre
cuando se casó con Igraine, vestía su armadura.

Durante el banquete,
Arturo y Ginebra recibieron diversos regalos.
Aunque el más importante fue el de Leodegrance:
la Mesa Redonda; una gran mesa creada por Merlín
y que perteneció a Uther Pendragón.
Este, antes de morir, se la dio a Leodegrance.

En ella se reunían los caballeros más valientes,
nobles y fuertes,
sin distinción de quién era mejor o peor,
pues al ser una mesa redonda
todos estaban al mismo nivel.

Arturo estaba encantado con el regalo,
y esa misma noche creó la orden
de los Caballeros de la Mesa Redonda.

—Hoy voy a nombrar a los primeros miembros
de esta nueva orden. —Todos los caballeros
se acercaron a la mesa en la que se encontraban
Arturo y su esposa—. Yo, Arturo, rey de Britania,
os nombro a vos, sir Héctor,
miembro de los Caballeros de la Mesa Redonda.
Honraréis la orden, actuaréis con nobleza y valentía,
y ayudaréis a aquellos que necesiten vuestra protección.

—Yo, Héctor, Caballero de la Mesa Redonda,
prometo honrar la orden,
actuar con nobleza y valentía,
y ayudar a todo aquel que necesite mi protección.

De este modo, a medida que repetían
estas mismas palabras,
Arturo nombró a los nuevos miembros:
sir Kay, sir Yvain, sir Lancelot, sir Erec...
Y Merlín anunció
que siempre debía quedar un asiento vacío,
reservado para el caballero más puro y honorable,
destinado a encontrar el Santo Grial[20].

Todos los presentes en el banquete
siguieron con la celebración
hasta altas horas de la noche
Hacía mucho tiempo
que Arturo no gozaba de una fiesta así,
desde el día de su coronación.

Cuando ya fue hora de retirarse a su habitación,
Ginebra y Arturo yacieron juntos por primera vez.

A la mañana siguiente,
decidieron regresar a Camelot.

---

20. Una copa con propiedades mágicas: proporciona alimento
a aquellos libres de pecado, ciega a los impuros de corazón...

Allí pasaron tres años maravillosos,
llenos de paz y armonía.

Cada medio año, organizaban una cena en el castillo
a la que acudían caballeros de Britania y otros reinos
para contar sus aventuras.
Si estos eran honrados, nobles y valientes,
Arturo les pedía que se unieran
a los Caballeros de la Mesa Redonda.
Luego, los que ya eran miembros,
explicaban las hazañas[21]
con las que honraban los valores de la orden.

Sin embargo, había algo que desde hacía un tiempo
atormentaba al rey y a la reina.
Ginebra no se quedaba embarazada.
Y, finalmente, Arturo decidió recurrir a Merlín.

—Viejo amigo, mi esposa y yo
no logramos tener un hijo.
Y eso la entristece.
¿Tenéis algún remedio para que podamos ser padres?

---

21. Acciones heroicas.

—Lo lamento, mi rey,
pero solo puedo facilitar la concepción
si ambas partes pueden tener hijos,
y vuestra esposa no puede.

Arturo asintió, desanimado.
No quería ver triste a Ginebra,
y también le dolía no poder tener descendencia.
Sin embargo, lo que el rey no sabía
era que Ginebra era feliz, pero fingía estar triste.
No le preocupaba no tener hijos,
sino ser descubierta.
Tenía un amante: sir Lancelot,
caballero de la Mesa Redonda
y hombre de confianza del rey.

Sir Lancelot se enamoró a primera vista de la reina,
la noche que la conoció en una de las cenas del rey.
Había intentado luchar contra sus sentimientos,
porque era leal a Arturo.
Pero Ginebra también se había fijado en él.

Al final, Lancelot se rindió
y cortejó a la reina con discreción.
Durante la última cena,
que se celebró cinco meses atrás,
la reina y el caballero salieron del salón discretamente
mientras los demás todavía comían y bebían.

—Mi estimada señora, esto es muy arriesgado.
Si nos descubren, vuestra vida correrá peligro
—dijo Lancelot.

—Mi querido Lancelot, si nos descubren,
será la vida de los dos la que peligrará
—corrigió ella, acariciando la mejilla de su amante.

—No importa mi vida, pues es vuestra.
Mi corazón es vuestro —dijo Lancelot,
antes de besar a Ginebra con pasión.

Cualquiera podía verlos,
estaban en medio de un pasillo y les daba igual.
Solo querían abrazarse, besarse, estar juntos...

Ginebra se separó de él y empezó a recorrer el pasillo.
Se detuvo y le tendió la mano al caballero:

—Seguidme.

La reina le guio hasta su habitación,
vigilando que nadie los viera.
La cena todavía se alargaría varias horas,
tendrían tiempo suficiente para estar los dos solos.

En la habitación, se dejaron llevar por la pasión.
Y a partir de entonces,
siempre intentaban buscar un rato para estar a solas.

Habían pasado cinco meses desde aquella noche.
Y mientras Arturo hablaba con Merlín
sobre la imposibilidad de Ginebra
de concebir un hijo,
un enemigo había llegado al castillo:
el rey Meleagrante.

No tuvo problemas para entrar.
Todos pensaban que venía a reunirse con Arturo
para firmar una alianza con él,
pues era lo que habían acordado.
Aunque ese no era el objetivo real de Meleagrante,
sino una excusa para poder infiltrarse.

Encontró lo que buscaba en los jardines del castillo.
Allí estaba ella, la mujer más bella: la reina Ginebra.
Estaba sola. Se acercó con cuidado por su espalda,
y en cuanto estuvo cerca,
le tapó la boca con una mano
y, con la otra, le colocó una daga en el cuello.

—Más os vale colaborar, mi señora.
Ahora nos iremos sin ser descubiertos
y, si intentáis huir, os mataré.

Con sigilo, se dirigieron a la salida trasera del castillo,
que casi no tenía vigilancia.
Sin embargo, alguien los descubrió: sir Lancelot.

—¡Deteneos! ¡¿Qué creéis que estáis haciendo?!
—gritó el caballero.

—¿Y vos, quién sois? —preguntó el secuestrador.

—Soy sir Lancelot, caballero de la Mesa Redonda.
¿Quién sois vos y qué hacéis con la reina?

—Estáis ante el rey Meleagrante.
Me voy a llevar a la reina,
y si intentáis detenerme, le cortaré el cuello
—dijo, fingiendo coraje.

En realidad, al oír que se trataba de sir Lancelot,
el caballero más fuerte del rey Arturo, se asustó.

—He oído a hablar de vos.
Todos dicen que sois un rey caído en desgracia,
vuestros súbditos os odian
y vuestro reino no tiene dinero.
¡Soltad a la reina!

—Dejad que me marche.
Vos solo sois uno,
y mis hombres están fuera esperando.
¿O preferís que vuestra reina salga herida?

Sir Lancelot dudó unos segundos y se fue corriendo.
Meleagrante pensó que había huido
y aprovechó para escapar.
Se reunió con sus hombres, y regresaron a su castillo.
¡Con el rescate que le pagaría Arturo,
volvería a ser rico!

10. SALVAR A LA REINA

Poco después de que Meleagrante escapara
con sus hombres,
sir Lancelot salió a caballo del castillo en su busca.
Pero cuando los alcanzó en el bosque,
le atacaron con flechas e hirieron a su caballo.

Sir Lancelot pagó a un hombre
para que lo llevara en su carreta
hasta el castillo de Meleagrante.

Llevaban muchas horas de viaje,
y todavía les quedaba mucho camino por delante.
Así que cuando encontraron una pequeña cueva
decidieron que pasarían la noche allí.
Era un buen lugar,
y faltaba poco para que anocheciera.

Pero antes incluso de poder encender una hoguera,
se oyeron unos gritos de mujer.

Lancelot acudió rápidamente
hacia el lugar de donde provenía la voz.
Y encontró a una joven noble
a la que atacaban unos bandidos.
Se trataba de lady Elaine de Corbenic,
hija de un rey aliado de Arturo.

—¡¿Cómo os atrevéis a atacar a una dama indefensa?!
¡No os queda honor!
—exclamó Lancelot a los bandidos.

—Meteos en vuestros asuntos, caballero,
si no queréis sufrir la muerte más dolorosa
—dijo uno de los bandidos.

Sir Lancelot se abalanzó sobre ellos con valentía.
Primero cogió a la joven dama y la alejó.
Luego corrió hacia ellos
mientras desenvainaba su espada
y, de un golpe, degolló a uno de los bandidos.

Cada golpe que daba con su espada era certero.
Los bandidos no eran demasiado fuertes,
y en seguida se dieron cuenta
de que no tenían escapatoria.
Iban a morir.
Y así fue, Lancelot acabó con todos, menos con uno,
que se arrodilló y le suplicó que le perdonara la vida:

—Noble caballero, es cierto,
no he sido el hombre más honrado.
Pero si me permitís vivir,
juro que seré un buen hombre.

—Si lo que decís es cierto, no os mataré.
Pues un caballero también debe saber perdonar.
Pero debéis hacer una cosa: id al castillo del rey Arturo
y explicad lo que ha sucedido hoy,
para que el rey sepa que estoy honrando
la orden de los Caballeros de la Mesa Redonda.

—Haré lo que me pedís, mi señor. Muchas gracias.

El bandido se fue corriendo hacia el castillo.

Sir Lancelot se acercó a la joven,
que lo había observado todo escondida tras un árbol.
Era una dama muy bella, de piel clara, pelirroja
y con pecas en la cara.

—¿Estáis bien, mi señora? ¿Os han herido?
—preguntó el caballero.

—No, mi señor, habéis llegado justo a tiempo.
—Lady Elaine se acercó más al caballero—.
Me habéis salvado la vida.
¿Cómo os lo puedo agradecer?

—No hay nada que agradecer,
era mi deber como caballero de la Mesa Redonda.
Y ahora, si me disculpáis, mi compañero
me está esperando. Debemos descansar
para continuar el viaje mañana temprano.

La joven le preguntó dónde se alojaban,
y cuando sir Lancelot le contó
que dormirían en una cueva,
ella le ofreció que pasaran la noche en su castillo.

El caballero quiso negarse, pero lady Elaine insistió.

Cuando los tres llegaron al castillo,
el rey les recibió con amabilidad y gratitud,
pues sir Lancelot había salvado a su hija.

Después de la cena,
cada uno se retiró a su habitación.
Lady Elaine acompañó al caballero
y quiso entrar con él.

—Mi señor, sois un caballero muy apuesto
—empezó a decir lady Elaine
mientras se acercaba a sir Lancelot.

La joven dama se sentía atraída por el caballero
desde que había visto su valentía
y lo apuesto que era. Deseaba a sir Lancelot.

—Dejad que os agradezca vuestra ayuda.

Lady Elaine se apoyó en el pecho de sir Lancelot
y le empezó a quitar la armadura.

—Mi señora, esto no es necesario,
ya nos habéis dado un lugar donde dormir.

—Entonces lo haremos por placer.

Lady Elaine había conseguido quitarle
la parte superior de la armadura.
Sir Lancelot no quería ser grosero,
por eso no oponía resistencia.
Pero de ninguna manera
se acostaría con aquella mujer.

—Mi señora, es suficiente. —Agarró las muñecas
de la joven y la separó de él—.
Mi corazón pertenece a otra mujer.
No deseo dormir con vos. Por favor, marchaos.

Lady Elaine se fue, pero no se iba a rendir fácilmente.
Cuando sir Lancelot dormía,
lady Elaine usó un anillo mágico que tenía
para llamar a una mujer que la podría ayudar:
Morgana el Hada.

Morgana apareció en cuanto la dama la llamó,
rodeada de un humo oscuro.
Morgana ya sabía qué quería lady Elaine,
y le entregó un frasco pequeño con un líquido lila.

—Si conseguís que el hombre al que queréis lo beba,
él os deseará —le explicó.

Lady Elaine se lo agradeció,
y tanto Morgana como el anillo de la joven dama,
que era de un solo uso, desaparecieron.

Lady Elaine entró sin hacer ruido
en la habitación donde el caballero dormía.
Sir Lancelot tenía la boca entreabierta.
Acercó el frasco a los labios del caballero,
e hizo que se lo bebiera.

Sir Lancelot se despertó de golpe, tosiendo.
Miró a su alrededor y vio a lady Elaine.

No se acordaba de su amada Ginebra,
solo podía pensar que lady Elaine era muy bella.

El deseo de acostarse con la joven
se apoderó del caballero.
De este modo, lady Elaine consiguió lo que quería.

A la mañana siguiente, cuando sir Lancelot
vio a la joven durmiendo a su lado,
recordó la noche anterior
y se avergonzó de su comportamiento.
«Mi amada Ginebra
no puede enterarse de esto», pensó.

Sir Lancelot y el carretillero continuaron el viaje,
que duró algunos días más.
Y, al final, llegaron al castillo del rey Meleagrante.
Sir Lancelot venció fácilmente
a los vigilantes de la entrada.
Luego le pidió al hombre que le acompañaba
que le esperase escondido en el bosque.

El caballero entró en el castillo, furioso.
Aquel rey miserable,
¿cómo se había atrevido a secuestrar a su reina?

Mientras buscaba a Meleagrante,
sir Lancelot se enfrentó a muchos guardias.
No le hicieron ni un rasguño.
Sir Lancelot era el caballero más fuerte
de la Mesa Redonda.

Encontró a Meleagrante en la sala del trono,
con Ginebra a su lado, atada a una silla.
El rey le había preparado una emboscada.
Había guardias escondidos
detrás de las columnas de la sala
y se abalanzaron sobre sir Lancelot.

El caballero se movía con agilidad,
y aunque le hicieron algún corte en la mejilla
y en los brazos, no lograron vencerle.

Cuando sir Lancelot acabó con todos los guardias,
miró fijamente a Meleagrante.

—¡Pagaréis por lo que habéis hecho!
—gritó el caballero.

—Si sois un caballero honrado,
sabréis que no lucharemos en las mismas condiciones
—se apresuró a decir Meleagrante.

—¿Qué queréis decir? —preguntó sir Lancelot.

—Vos domináis el arte de la espada,
pero yo no estoy tan entrenado.
Si deseáis luchar en igualdad de condiciones
y demostrar que sois un caballero honorable,
ataos una mano a la espalda.

—¡No le hagáis caso, mi señor! —gritó Ginebra.

—Mi señora, Meleagrante es una rata miserable,
pero tiene razón. Debo honrar mi título de Caballero.

Sir Lancelot se ató una mano a la espalda,
y corrió hacia Meleagrante.
Segundos después, se escuchó el sonido metálico
de las dos espadas al chocar.
Meleagrante estaba asustado.
Sabía que no era lo bastante fuerte.

Y así fue. Incluso con una sola mano,
Lancelot desarmó a Meleagrante.
El rey cayó de rodillas, desolado.
La avaricia y la codicia
le habían conducido hasta su muerte.

Sir Lancelot levantó la espada
al mismo tiempo que Meleagrante alzaba la mirada.
Y el rey pudo ver cómo el filo del arma
se abalanzaba sobre él
antes de que le atravesara el cráneo y lo partiera en dos.

Sir Lancelot se acercó a Ginebra y la desató.

—Mi amada señora, ¿os han hecho daño?
¿Estáis bien? —preguntó el caballero
mientras la abrazaba.

—Mi valeroso señor,
vuestra ausencia fue lo único que me hizo mal.

Ginebra y sir Lancelot se miraron,
felices de volver a estar juntos, y se besaron.

11. ENGAÑO, MUERTE Y TRAICIÓN

Cuando Ginebra y sir Lancelot
regresaron a Camelot,
encontraron a todo el mundo muy alterado.

Arturo corrió a abrazar a su esposa.

—Noble caballero, no existen palabras
para expresar mi agradecimiento
por haber salvado a mi amada esposa —dijo Arturo—.
Si alguna vez necesitáis cualquier cosa,
no dudéis en acudir a mí.
Os ayudaré en todo lo que pueda.

Sir Lancelot le agradeció sus palabras,
pero se sentía culpable.
¡Era el amante de la esposa del rey!
Un rey bueno y noble.

—Mi señor, ¿por qué están todos tan alterados?
—le preguntó Ginebra a Arturo.

—El rey Lot, mi propio cuñado,
me ha declarado la guerra.
La batalla tendrá lugar dentro de tres días.

Durante esos tres días,
los herreros tuvieron mucho trabajo
y en las forjas[22] no se descansaba.

Mientras tanto,
alguien estaba llevando a cabo su plan:
Morgana el Hada.

Morgana se infiltró en el castillo usando su magia
para no ser descubierta.
Buscaba un guardia que estuviera solo,
y lo encontró vigilando uno de los pasillos.

Morgana era una mujer muy bella, atractiva,
y ella lo sabía. Se acercó al guardia y lo sedujo.
Cuando Morgana supo que el hombre
haría cualquier cosa por ella, continuó con su plan:
simuló que estaba triste.

---

22. Lugar donde se fabricaban armas.

—¿Qué os entristece, mi señora?
—preguntó el guardia.

—No es nada... He recordado a mi hermano
—mintió ella—. Lo perdí hace mucho tiempo,
y quería recuperar un objeto que le perteneció,
como recuerdo, pero no puedo hacerlo.

—¿Cuál es ese objeto?

—Una vaina de espada.
Para vos quizás no tiene importancia,
pero es lo único que queda de él

Morgana fingió que lloraba.

—Mi señora, haré todo lo que pueda por veros feliz.

—Pero no os puedo pedir que hagáis algo así.

—No temáis, os ayudaré en lo que sea.
¿Dónde está esa vaina?

—En la habitación del rey. Es su vaina,
mi hermano se la regaló
—siguió mintiendo Morgana—.
Pero he traído otra exactamente igual.
Si pudierais hacer el cambio me haríais muy feliz.

El guardia dudó unos instantes,
pero pensó que, si la cambiaba por otra igual,
nadie descubriría el engaño.

No obstante, lo que el guardia no sabía
era que sí había una diferencia
entre una vaina y la otra:
la del rey era mágica, y le protegía en las batallas,
evitando que sus heridas sangraran.
Pocas personas lo sabían.

Sin embargo, Morgana había tenido
un sueño premonitorio[23]
donde Ginebra robaba la vaina mágica.

---

23. Un sueño que se cumple, que predice el futuro.

Pero si Morgana hacía el cambio,
Ginebra robaría la falsa,
y la hechicera devolvería la verdadera
para que la vida de su hermano Arturo no peligrase.

—De acuerdo, mi señora, lo haré.

Morgana le entregó la vaina
y, cuando el hombre se dio la vuelta,
le echó un encantamiento temporal
para que nadie le descubriera.

El guardia hizo el intercambio,
pero cuando volvía con la vaina del rey,
el efecto del hechizo terminó,
y se encontró con Ginebra.

—Guardia, ¿dónde vais con la vaina
de la espada de vuestro rey? —preguntó la reina.

El hombre se quedó callado.
Estaban los dos solos,
y no sabía si contar la verdad o no.

—Os he hecho una pregunta —exigió Ginebra.

—Mi señora, yo... Ha sido por una buena causa.
Una mujer deseaba recuperar
la vaina de la espada de su hermano.
Me ha dado una réplica exacta
para que no se notara el cambio.
Mi reina, ¿seré castigado?

El guardia estaba asustado.
Ginebra se quedó pensativa unos segundos.
Ella sabía que la vaina era mágica.

—¿Cómo es esa mujer? —preguntó Ginebra.

—Muy bella, aunque no más que vos;
de abundante cabellera negra y ojos verdes.
Llevaba una capa oscura.

—De acuerdo —dijo la reina, tras pensar un rato—.
Permitiré que la mujer recupere
la vaina de su hermano.
Continuad vuestro camino.

Ginebra se fue, pensando:
«Entonces ya no tendré que robarla.
Si Arturo muere en combate,
Lancelot y yo no tendríamos que ocultarnos.
Incluso podríamos casarnos».

El guardia entregó la vaina a Morgana.
Ella se lo agradeció y se fue.

Mientras tanto,
en la ciudad continuaban los preparativos
para la batalla contra el rey Lot.
Pero este no se comportó como un hombre honrado.
Durante la tarde del segundo día,
desde las torres del castillo,
los guardias observaron a lo lejos
cómo las tropas del rey Lot se acercaban.
Los guardias se apresuraron a dar la alarma
y avisaron al rey.

Arturo dio la orden de que todos los caballeros
se prepararan.

Debían proteger la muralla
que rodeaba la ciudad de Camelot,
para evitar que el ejército enemigo entrara.

Arturo se puso la armadura y cogió sus armas:
un escudo y Excalibur, su espada,
que estaba dentro de su vaina.
Arturo ignoraba que le habían cambiado
la mágica por una falsa.
Y como el rey Lot había atacado antes de lo previsto,
Morgana no había podido devolver la vaina buena.

La batalla empezó poco después
de que se diera la alarma.

El ejército del rey Lot era muy numeroso.
Pero los caballeros del rey Arturo
eran más fuertes y valientes.
La lucha estuvo muy reñida.
El rey Lot también tenía algunos caballeros
de gran renombre,
aunque sir Lancelot era mejor que ellos,
y los venció a todos.

El campo de batalla era un infierno.
Solo se escuchaban gritos de rabia y de dolor,
el entrechocar de las espadas,
el relinchar de los caballos
y el sonido de los cuerpos al caer contra el suelo.
Fue una batalla muy sangrienta.

A Arturo, por su parte, todavía no le habían herido.
Cada golpe que daba con la espada era certero,
y los enemigos caían muertos a su paso.
Sin embargo, en un momento dado,
vio cómo un caballero enemigo
atacaba por la espalda a sir Héctor,
su padre adoptivo.

—¡¡¡Cuidado, a vuestra espalda!!! —gritó Arturo,
que corrió hacia él, para ayudarle.

Sir Héctor no le oyó.
Y Arturo vio cómo la espada del soldado enemigoa
travesaba el cuerpo del que había sido su padre.

—¡Noooo! —El grito de Arturo fue desgarrador.

En aquel momento,
para Arturo todo quedó en silencio.
Solo escuchaba un leve pitido
y veía cómo todos se movían muy despacio.

Fijó su mirada en el hombre
que había asesinado a sir Héctor.
El hombre, con una sonrisa de satisfacción
en su cara, alzó la vista hacia Arturo.

El rey bretón estaba furioso.
Sentía cómo crecía en su interior
el deseo de vengar la muerte de sir Héctor.

Sin ser consciente de lo que hacía,
Arturo se abalanzó contra el asesino de sir Héctor
y le cortó el cuello.
Luego fue en busca del rey Lot.
Él declaró la guerra y, por su culpa,
sir Héctor había muerto,
igual que muchos de sus hombres.

Por el camino se enfrentó a todos los enemigos
que surgían a su paso.
Y algunos consiguieron hacerle algún corte.
Pero Arturo, que solo podía pensar
en la muerte del rey Lot,
no se dio cuenta de que las heridas le sangraban.

Finalmente, Arturo encontró a su objetivo.
Sin darle tiempo a reaccionar,
Arturo corrió hacia él, gritando,
y hundió su espada en el pecho del rey Lot.
Pero antes de morir, Lot alzó su espada
y la clavó en el vientre de Arturo.

12. VENGANZA

Algunos caballeros de la Mesa Redonda,
cuando vieron a Arturo caer al suelo, herido,
acudieron en su ayuda
y lo retiraron del campo de batalla.
Poco después, las tropas enemigas se rindieron
al ver que Lot, su rey, había muerto.

En cuanto Arturo entró en el castillo,
Merlín permaneció a su lado,
usando magia y hierbas medicinales para curarlo.
El mago le salvó la vida,
y después de cuatro días inconsciente,
Arturo abrió los ojos.
Se encontraba en su habitación,
con Merlín y dos sirvientes.

—Dejadnos solos —ordenó Arturo a los sirvientes.
Su voz era casi un susurro—. ¿Por qué?
¿Por qué sangré?

—La vaina de Excalibur era falsa —dijo el mago.

—¿Cómo? —Arturo estaba sorprendido.

—Intercambiaron la vaina mágica por otra.

—¿Quién haría algo así? —El rey no se lo podía creer.

—Mi rey, yo lo sé. —Ginebra entró en la habitación. Había estado escuchando detrás de la puerta.

La reina explicó lo que vio el día antes de la batalla. Cómo un guardia se coló en la habitación del rey, y cambió la vaina.

—¡¿Y lo permitisteis!? —exclamó Arturo, furioso.

—Mi señor... No pensé que tuviera importancia. No sabía que la vaina era mágica —mintió ella—, y sentí lástima por la mujer. Solo quería recuperar la vaina de su difunto hermano o, por lo menos, eso fue lo que le dijo al guardia.

—¿Quién era esa mujer? —preguntó el rey.

Ginebra dijo que no la había visto,
y llamaron al guardia con el que había hablado.
Cuando el guardia les describió a la mujer,
Arturo y Merlín dijeron a la vez: «Morgana el Hada».
El mago estaba confundido,
¿por qué ella haría algo así?
Arturo, por su parte, estaba furioso
y deseaba vengarse de Morgana,
por lo que decidió enviar al guardia a matarla.

Ese mismo día por la tarde,
el guardia cogió su caballo
y se fue al bosque a buscar a Morgana,
guiado por las indicaciones que le había dado Merlín.

Cuando ya faltaba poco para el anochecer,
el guardia encontró su casa.

—¡Mujer maldita! —exclamó él,
mientras bajaba del caballo
y se acercaba a la puerta de entrada—.
¿¡Cómo os atrevisteis a engañarme?!

Se abrió la puerta de la casa,
pero no apareció Morgana,
sino un hombre alto, moreno y musculoso,
vestido con ropas de cuero y piel.

—¿Por qué gritáis de ese modo?
—preguntó el hombre.

—¿Quién sois? —El guardia cogió
la empuñadura de su espada, atento.

—¿Quién lo pregunta? —replicó el hombre,
mientras buscaba algo detrás de la puerta.

—Me manda el rey Arturo.
Me ha ordenado matar a Morgana el Hada.
Esa mujer es un demonio.
Es mentirosa y traicionera.

—¡No os permito hablar así de mi amada!
—gritó furioso el hombre—. Si queréis su vida,
antes tendréis que luchar conmigo.

—Que así sea —dijo el guardia,
y desenvainó su espada.

El hombre cogió la espada
que estaba detrás de la puerta y salió de la casa.

El guardia atacó primero.
Ambos eran fuertes y hábiles,
pero a medida que pasaba el tiempo,
el guardia se sentía más cansado
y el amante de Morgana cogió ventaja.
Si seguía así, pensó el guardia, acabaría muriendo.
Entonces, tuvo una idea.
Se alejó un poco de su contrincante
y miró hacia el bosque.

—Ahí estás, mujer —dijo el guardia,
fingiendo haber visto a Morgana.

Su plan surtió efecto.
El amante de Morgana miró hacia el bosque,
y no tuvo tiempo de reaccionar
cuando el guardia le atravesó el corazón con la espada.

—No tenéis honor —susurró el hombre
antes de caer muerto.

El guardia limpió su espada y entró en la casa.
Tal y como sospechaba, estaba vacía.
Como no sabía dónde estaba Morgana
y ya anochecía,
decidió regresar al castillo.
Pero antes de irse, vio la vaina de la espada del rey,
junto a la mesa. La cogió y se marchó.

Ya en el castillo, fue en busca de Arturo.
Lo encontró en la sala de reuniones del Consejo,
junto con Merlín.

—Tomad, la he recuperado
—dijo el guardia, tendiéndole la vaina al rey.

—Os lo agradezco. ¿Y bien? ¿La habéis matado?
—le preguntó Arturo.

Los tres hombres, Arturo, Merlín y el guardia,
estaban sentados alrededor de una mesa.

—No, mi rey, ella no estaba allí.
Pero he matado a su amante.

Arturo se quedó en silencio unos minutos, pensativo.

—Mejor —dijo al fin el rey—, así sentirá más dolor
que si solo acabáramos con su vida.

Mientras los tres hombres hablaban,
Morgana llegaba a su casa.

Cuando se encontró el cuerpo de su amante
con un charco de sangre a su alrededor,
ahogó un grito y se arrodilló a su lado.
Morgana cogió al hombre por los hombros.
Lo balanceó mientras sus ojos se humedecían
y las primeras lágrimas caían por sus mejillas.

—¡Nooo! Por favor... por favor...

Abrazó el cuerpo inmóvil del hombre al que amaba.
Apoyó su frente en la del hombre
y lloró durante horas. Sentía su alma rota.

Poco a poco, los sollozos fueron cesando.
Levantó un poco la cabeza y miró el rostro del hombre.
Morgana acercó sus labios a los de él
y le dio un último beso.
Pero ese gesto no era una simple despedida,
sino que utilizó ese contacto para ver,
gracias a sus poderes,
quién había matado a su amado.

Después de incinerar el cuerpo de su amante,
empezó a preparar la venganza.

Durante dos días, tejió una capa que le regalaría al rey,
fingiendo que era una ofrenda de paz.
Aunque había visto el futuro,
y si todo iba según el plan,
Arturo no sería quien se la pusiera.

Cuando ya estaba lista, lanzó un hechizo sobre ella:

—El corazón del que vista esta capa se detendrá,
y de este modo mi venganza se cumplirá.

13. EL HIJO PERDIDO

A la mañana siguiente,
Morgana cogió una poción de invisibilidad,
y se vistió con una túnica oscura.
Se tapó la cabeza con la capucha
y, montada en su caballo, se dirigió al castillo.
Pero, poco antes de llegar, se encontró con Merlín
que había salido en su busca.

—Buenos días —saludó ella, con frialdad.

—Morgana, no cometáis ninguna estupidez,
os lo suplico —dijo el mago.

—¿Ahora os preocupáis por mí?
¿Y el otro día, cuando enviasteis al guardia?
Solo vos sabíais dónde vivo, ¿por qué se lo dijisteis?
Por vuestra culpa... —A Morgana se le cortó la voz
al recordar a su amado muerto.

—¡Claro que me preocupo por vos!
¡Sois como mi hija! —exclamó Merlín, alterado—.
Pero le debo lealtad al rey,
y sabía que no estaríais en casa.
Lamento la muerte de vuestro amante.

»Los aldeanos hablan.
Dicen que os salió mal un conjuro,
y por eso ahora sois una mujer malvada,
vengativa y cruel.
Sin embargo, yo no quiero creer tal cosa.
No sé por qué estáis actuando de este modo,
pero espero que tengáis cuidado.

—¿Por qué iban a creer eso?
Yo no he hecho nada malo...
Solo intento proteger a mi hermano
—se excusó Morgana.

—¿Cómo? ¿Haciendo que casi lo maten
por robarle la vaina mágica? —replicó el mago.

—Esa no fue mi intención.

«Se la iba a devolver cuando Ginebra robara la falsa.
Pero el plan no salió según lo previsto», pensó ella.
Aunque no dijo nada.
Sin despedirse, retomó la marcha.

Poco antes de llegar al castillo,
bajó del caballo y lo ató a un árbol.
No quería arriesgarse a que los guardias lo mataran
cuando ella quisiera escapar.

El resto de camino hasta la muralla lo hizo a pie.
Y cuando llegó ante los guardias,
fingió ir en son de paz.

—Decidle al rey Arturo que su hermana,
Morgana el Hada,
ha venido a entregarle una ofrenda de paz.

Unos minutos después,
dos caballeros de la Mesa Redonda
custodiaron a la mujer hasta el interior del castillo.

—Bienvenida seas, hermana —dijo Arturo
desde su trono, intentando ser amable,
cuando vio entrar a Morgana en la sala.

A su derecha, estaba Ginebra sentada.
Pero el asiento a la izquierda del rey estaba vacío.
Era el asiento que ocupaba Merlín,
que poco antes de encontrarse con Morgana,
le había dicho a Arturo que regresaría al bosque.
Dejaba el castillo para siempre.
Se iba con la Dama del Lago, Viviana.
La mujer que le había dado la espada Excalibur.

Morgana contempló la sala. Era muy grande,
separada en tres espacios por dos filas de columnas.
El espacio central era el más ancho.
Y había en el suelo una alfombra rojiza
que conducía hasta el trono.
Todo estaba muy bien iluminado,
gracias a la luz que entraba por las ventanas
y a los candelabros que colgaban
del techo y de las paredes.
«Es bonito», pensó Morgana.

Luego observó a la gente que había a su alrededor.
Había varios guardias a lo largo de toda la sala,
y algunos caballeros cerca del trono.
Además de los cortesanos y las cortesanas
que no querían perderse aquel acontecimiento:
la malvada bruja Morgana
presentando una ofrenda de paz.

—Muchas gracias, hermano. Tenéis un castillo precioso
—comentó Morgana, procurando también ser amable.

—Agradezco vuestro elogio.
Pero dejémonos de conversaciones superficiales.
Los soldados me han informado
de que venís a entregar una ofrenda de paz.
¿Por qué debería creerlo? —preguntó Arturo, receloso.

—Mi rey, se ha derramado sangre inocente
por esta disputa. Y no deseo que algo así
vuelva a ocurrir. —Morgana evitó pensar en su amado,
no quería entristecerse y parecer débil—.
Por ello, os quiero entregar esta capa,
que yo misma he tejido, como ofrenda de paz.

—Si lo que decís es cierto, me parece muy noble
por vuestra parte —dijo Arturo, convencido
por las palabras de su hermana.

El rey hizo un gesto a uno de sus sirvientes
para que cogiera la capa que le regalaba su hermana
y se la acercara, para probársela.
La tela era de un color azul marino, muy elegante,
con el escudo de la casa real
bordado en un tono dorado.

—Es magnífica —dijo Arturo,
sosteniéndola por dos extremos
para examinarla mejor—.
Me la probaré ahora mismo,
como muestra de que acepto vuestra paz.

Pero cuando el rey estuba a punto de colocársela,
Ginebra intervino:

—Mi señor, no desearía parecer desconfiada,
pero creo que antes debería vestirla otro hombre.
Quizás sea una trampa.

Arturo quería confiar en la palabra de su hermana,
pero su esposa tenía razón. Miró a su alrededor,
y pidió un voluntario para probarse la capa.

Morgana, que gracias a sus poderes sabía
quién había matado a su amado,
buscó al culpable con la mirada.

Encontró al guardia al lado de una de las columnas
más cercanas al trono.

—Mi rey, aquel hombre —dijo Morgana,
mientras señalaba al asesino— parece muy honorable,
quizás pueda ofrecerse como voluntario.

Toda la sala miró al guardia.
El hombre sintió mucha presión en aquel momento.
Si se negaba, creerían que era un cobarde.

—Mi señor —dijo el guardia
mientras se acercaba al trono—,
vuestra hermana tiene razón.
Sería un honor probarme la capa en vuestro lugar.

Morgana sonrió en su interior.
El hombre había caído en la trampa.

—Sois un hombre valiente y noble —declaró el rey,
mientras le entregaba la vestimenta.

El guardia se colocó la capa con un movimiento ágil
y dio unos pasos, para lucirla.
Durante unos segundos no ocurrió nada;
sin embargo, el hechizo no tardaría en hacer efecto.
Morgana aprovechó
que todo el mundo miraba al guardia
para beberse la poción que la haría invisible.

Se acercó sigilosamente a la puerta de entrada,
esperando a que alguien la abriera para poder escapar.
Mientras tanto, pudo observar el efecto del hechizo
con el que había maldecido la capa.

El guardia estaba cada vez más pálido y sudoroso.
Estaba mareado, le dolía el pecho
y notaba que le faltaba el aire.
Abría y cerraba la boca, intentando coger aire,
como un pez fuera del agua.

Todos los presentes en la sala murmuraban asustados.
El rey se acercó al guardia,
pero el efecto del hechizo fue demasiado rápido.
Antes de llegar hasta él,
el hombre cayó, muerto, contra el suelo.

—¡Traición! —exclamó la reina Ginebra—.
Morgana nos ha engañado, la capa estaba hechizada.
¡Quería matar al rey!

Arturo buscó corriendo a su hermana con la mirada,
pero fue incapaz de verla.

—¡Encontrad a la traidora! —ordenó el rey, furioso.

Morgana aprovechó la confusión
para salir de allí y huir.
Estaba contenta. Había conseguido vengarse.
Pero ahora tendría que buscar otro lugar donde vivir.
Sabía que el rey ordenaría que la buscaran.

Pasados unos meses,
todo había vuelto a la normalidad en Camelot.

Arturo empezaba a pensar
que no encontraría a Morgana.
Sin embargo, ahora solo le preocupaba
la cena de aquella noche.

Cada medio año, se reunían los miembros
de la Mesa Redonda
y aquellos caballeros que se querían unir a la orden.

Todos en el castillo estaban muy ocupados,
pero también contentos.
Los caballeros contaban sus aventuras,
los juglares cantaban historias,
los criados servían comida y vino sin parar...
La cena era divertida,
hasta que las puertas del salón se abrieron.

Entró una mujer —que sir Lancelot,
el amante de Ginebra, reconoció inmediatamente—
con un niño en brazos.
Iba acompañada por un joven fuerte y apuesto,
de unos 15 años.

El salón se quedó en silencio.
Todos observaban a los recién llegados.

—¿Quiénes sois? —exclamó el rey poniéndose en pie.

—Mi señor, mi nombre es lady Elaine de Corbenic.
He venido aquí porque deseo que mi hijo
—miró al niño que llevaba en brazos—
conozca a su padre, uno de vuestros caballeros.

—¿Quién es el padre de la criatura?
—preguntó Arturo.

—Sir Lancelot, mi señor.

La sala empezó a murmurar,
y la reina Ginebra miró furiosa a su amante.

—¿Y el joven que os acompaña?
—quiso saber Arturo.

—Nos hemos encontrado por el camino.
Luchó contra unos ladrones que me asaltaron,
y me escoltó hasta Camelot —explicó lady Elaine.

—Mi nombre es Mordred, y deseo unirme a la orden
de los Caballeros de la Mesa Redonda
—declaró el muchacho.

Arturo se alegró de escuchar aquellas palabras.
Pensó que aquel chico prometía...
Tan joven y ya ayudaba a los demás.

Sin embargo, Arturo desconocía que Mordred
no era un joven cualquiera.
Era el único superviviente de un barco
que había naufragado hacía 15 años.

Un barco lleno de bebés nacidos un primero de mayo
que Arturo había ordenado matar,
por miedo a la profecía que Merlín le había dicho:

«Vuestro reinado llegará a su fin
por la traición de un hombre
que considerabais un aliado».

Mordred era su hijo bastardo,
concebido con su hermana Morgause.

En el naufragio,
tuvo la suerte de quedar sobre un trozo de madera,
y lo encontraron unos pescadores.
Al recogerlo, vieron que, dentro del manto
que cubría al niño, se escondía un medallón
con la insignia de la casa real de Lothian.
Morgause, antes de que le arrebataran
a su hijo, Mordred, escondió el medallón
bajo la tela que envolvía al bebé.
Si alguien rescataba al niño, sabría a dónde llevarlo.

Y así fue. Los pescadores, al ver el medallón,
supieron que el niño pertenecía a la familia
del rey Lot de Lothian, y se lo entregaron.

Cuando creció, su madre le explicó
lo que había hecho su tío Arturo
por miedo a una profecía.
Pero nunca le explicó que él era su verdadero padre.

Mordred decidió que se vengaría.
No podía dejar que un hombre tan despiadado
y egoísta, capaz de sacrificar a tantos niños inocentes,
fuera el rey de Britania.

14. ROMA

Habían pasado 14 años
desde la noche en que Mordred llegó a la corte.
Ya tenía 29 años.

A lo largo de este tiempo,
habían sucedido muchas cosas.
Ginebra, al saber que Lancelot
se había acostado con otra mujer,
decidió negarle su amor, y la palabra.

Lancelot se dedicó a criar a su hijo, Galahad,
que poco antes de cumplir los 14 años
fue nombrado miembro
de los Caballeros de la Mesa Redonda.
Era un joven noble y fuerte, como su padre.
Puro de corazón.
Y ocupó un sitio especial en la Mesa Redonda:
aquel lugar reservado
al caballero más puro y honorable,
destinado a encontrar el Santo Grial.

Ginebra empezó a relacionarse más con Mordred,
que también era un caballero.
Arturo pensaba que era una relación casi maternal.
Se alegraba de que Ginebra pudiera sentirse
como una madre,
dado que ellos no podían tener hijos.
Pero, en realidad, Ginebra había sustituido
a Lancelot por Mordred. Ahora eran amantes.

El rey pasaba mucho tiempo batallando
para conquistar territorios y ampliar el reino.
Mordred se convirtió
en uno de sus mejores caballeros.
Luchaba junto a Arturo, y le ayudaba en la estrategia.
Arturo confiaba tanto en él
que lo nombró consejero real.

Aquel cargo lo ocupaba antiguamente Merlín.
Pero todo cambió cuando llegaron noticias
de que el mago había muerto.
Corrían rumores de que la Dama del Lago,
cansada de él, lo había encerrado en una cueva
y había sellado la salida con un hechizo.

Arturo y todos aquellos que conocían a Merlín
estuvieron muy tristes.
E hicieron un acto de despedida en su honor.

Durante esos años,
no se supo nada más de Morgana.
Arturo pensaba que por fin se había acabado
aquella disputa sin sentido entre los dos.

Un buen día, llegaron 12 ancianos,
mensajeros del emperador romano Lucio.
Los recibieron en la sala del trono.

—Nos envía el emperador de Roma,
para entregaros un mensaje —dijo uno de ellos,
que llevaba un pergamino[24] en la mano.

—Acercaos —ordenó el rey.

El anciano obedeció,
y le entregó el pergamino a Arturo.

---

24. Piel de animales como vacas u ovejas, limpia, seca y estirada,
    que se utilizaba para escribir en ella.

Después de leerlo, el rey estalló en carcajadas.

—Decidle a vuestro emperador
que no le debemos ningún tributo.
Estas tierras son nuestras y no le reconozco
como nuestro soberano —expuso Arturo.

—El emperador Lucio pide que paguéis el tributo
que le debe este reino a su imperio,
como vuestro padre y vuestros antepasados
han hecho siempre —dijo otro anciano—.
Si no aceptáis su demanda, os declarará la guerra.

—¡Que así sea! —exclamó Arturo—.
Decidle al emperador que Arturo, rey de Britania,
jamás le reconocerá como su soberano,
ni le pagará ningún tributo.
¡Que se prepare para ser derrotado!

Todo el salón estalló en vítores hacia su rey.
Caballeros, soldados, nobles...
Todos aclamaban a Arturo. Confiaban en su rey.
Un rey fuerte y poderoso, que no temía a nadie.

Los ancianos asintieron y se marcharon.
Y Arturo envió un mensaje a todos sus aliados,
pidiendo que lucharan con él en esta guerra.

Los días siguientes se dedicaron
a los preparativos para la batalla.
Reunieron alimentos, armas...
Pero quedaba una cosa pendiente:
Arturo no sabía cuánto tiempo duraría esta guerra,
y necesitaba que alguien
se encargase de dirigir el reino.

La noche antes de partir hacia Roma,
Arturo mandó llamar a Mordred, y le dijo:

—Mañana nos vamos a Roma.
Si ese emperador quiere guerra, la tendrá.
He dedicado casi toda mi vida
a hacer crecer este próspero reino.
Me pertenece a mí.
Se derramó la sangre de mi gente
en cada conquista, en cada batalla.
El emperador romano no merece nada de estas tierras.

»Mordred, confío en vos.
Habéis demostrado ser leal, inteligente y honrado.
Os dejo al mando del reino mientras yo esté fuera.

El joven caballero miró a Arturo sorprendido.
Sin duda, era la oportunidad perfecta
para llevar a cabo su venganza.

Mientras estuviera fuera,
enviaría mensajeros a todos los enemigos de Arturo
para pedirles que se unieran a él.
Tomaría el reino por la fuerza
y destronaría a Arturo.

—Mi rey, os prometo que no os decepcionaré
—mintió Mordred—. Será un gran honor
cuidar de Britania, de Camelot y de su gente.

A la mañana siguiente,
cuando se reunieron todos los caballeros,
soldados y tropas aliadas, partieron hacia Roma.

—¿Preparado, mi rey? —preguntó sir Lancelot,
montado en su caballo, al lado de Arturo.

—Derrotaremos a ese cretino —dijo Arturo.

El caballero sonrió y asintió con la cabeza.
Arturo y sir Lancelot encabezaban la marcha.
Sería un viaje largo, muy largo.
Y tendrían que atravesar el océano británico[25]
en barco.

Los días pasaban, y todo parecía ir bien.
Con Arturo lejos, Mordred, ayudado por Ginebra,
inició su venganza.
Envió mensajeros a todos los enemigos de Arturo,
pidiendo que se aliaran contra él.
Ginebra se había enamorado de Mordred,
y él de ella. Querían casarse.
Mordred, por el poder que tenía
al ser rey en funciones, ordenó que se anulara
el matrimonio entre Arturo y la reina.

25. El actual canal de la Mancha.

Para que los súbditos aceptaran a Mordred
Ginebra mintió y empezó a explicar
maldades sobre Arturo.
Al escuchar aquello,
las gentes del reino empezaron a despreciar
al rey bretón.
Y alababan a Mordred.

Se organizó una sencilla ceremonia
en la que Ginebra y Mordred se casaron.
Además, todos los enemigos habían contestado:
aceptaban aliarse contra Arturo.

Mientras tanto, Arturo y sus tropas
ya habían pasado el océano británico.
Aunque todavía les faltaban varios días
hasta llegar a Roma.

Una de las noches,
decidieron descansar cerca de un pueblo.
Arturo y algunos de los caballeros
fueron a una taberna a beber.

Allí, escucharon que dos hombres hablaban
y mencionaban los nombres de Mordred y Ginebra.
Arturo se acercó a ellos.

—Disculpad, mis señores, ¿entendéis mi idioma?
—preguntó Arturo.

Uno de ellos asintió.
Era nativo de Britania,
pero desconocía que se encontraba
ante el mismísimo rey Arturo.

—Lamento haber interrumpido
vuestra conversación, pero he sentido curiosidad.
¿Qué decíais sobre la reina Ginebra?

—¿No os habéis enterado?
Se ha anulado el matrimonio
entre Arturo y la reina Ginebra.
Ahora se ha casado con Mordred,
que se ha proclamado nuevo rey.

Arturo enfureció.

Reunió a sus hombres
 y ordenó que regresaran a Camelot.

Mordred le había traicionado.

¡Su propia mujer, a la que tanto amaba,
le había traicionado!

La guerra contra Roma podía esperar.

Debía recuperar su reino
y matar al traidor de Mordred.

15. LA BATALLA DE CAMLANN

Mordred recibió noticias
de que Arturo regresaba a Camelot,
y decidió salir a su encuentro con su propio ejército.
Reunió a todos sus aliados, enemigos de Arturo,
y emprendieron el viaje.

Mientras tanto,
Morgana el Hada navegaba en barca por un río.
Iba vestida con su túnica oscura
y había observado en sueños
la terrible batalla que se acercaba.

Morgana había pasado los últimos años
en una isla que pocos conocían.
Una isla idílica, mágica: Avalon.
Allí nadie moría, nadie envejecía,
siempre era primavera y no era necesario trabajar.
Pero sabía que algo terrible sucedería,
y no podía quedarse sin hacer nada.

Entretanto, Arturo y su ejército
se aproximaban, sin saberlo,
al lugar donde se encontraba Mordred.
Mordred había decidido montar un campamento
a orillas de un río.

Se encontraban en una posición estratégica.
Estaban rodeados de árboles.
Y Arturo tendría que pasar
por el campo que tenían enfrente.

Cuando vieran a Arturo,
Mordred y sus hombres
saldrían de entre los árboles por sorpresa.
Atacarían antes de que el legítimo rey de Britania
se diera cuenta de lo que ocurría.

Y así fue.
Arturo, junto a Lancelot, y el resto de su ejército
aparecieron por el horizonte.
Cabalgaban veloces, atravesando el campo
que se extendía frente a ellos.

—Cuando dé la señal, atacaremos —dijo Mordred
a sus aliados.

El falso rey esperó unos segundos más,
con la mano en alto.
Y, con un movimiento ágil,
bajó el brazo rápidamente, gritando:

—¡Ya!

Todos los hombres salieron del bosque,
rápidos, unos cabalgando, otros a pie.
Y se dirigieron hacia el ejército enemigo.
Mordred, en cambio, tenía un único objetivo:
matar a Arturo.
El resto de sus caballeros no le importaba.

Arturo vio a Mordred en el otro extremo del campo,
desenvainó la espada y cabalgó veloz hacia él.
¿Por qué aquel hombre le había traicionado?
Había confiado tanto en él...
Arturo estaba furioso y dolido.

Mordred también cabalgaba hacia él,
espada en mano, y se encontraron a medio campo,
en medio de la batalla.
Tanto el ejército de uno como del otro
batallaban a su alrededor
como si ellos no estuvieran allí en medio.

—¡¿Por qué?! ¡¿Por qué has hecho esto, Mordred?!
—gritó Arturo.

—Porque un hombre como vos no merece ser rey.
¡Sois un asesino sin honor! —exclamó Mordred.
Alzó la espada y se abalanzó sobre Arturo.

Pero no intentó herirle,
sino que cortó el cinturón
que sujetaba la vaina de Excalibur.

—¿En qué os basáis
para hacer semejante acusación? —preguntó el rey,
mientras se defendía de los ataques del otro.

Ahora ya no tenía la vaina mágica,
y Mordred podía herirle.
Debía ir con cuidado.

—¡Mi madre, la reina Morgause, me lo contó todo!
Yo estuve en ese barco.
El barco que llenasteis de bebés inocentes
por una absurda profecía.
¡Fui el único superviviente!
¡¿Cómo pudisteis hacer algo así?!
¡Un rey debe proteger a los indefensos!
¡¿Y qué hay más indefenso
que un pobre recién nacido?!

Arturo se quedó totalmente paralizado,
y fue incapaz de bloquear la espada de Mordred.
Le atravesó el costado, y Arturo gritó de dolor.

Si Mordred había estado en ese barco,
significaba que era su hijo.
El hijo que había concebido con su hermana.

Arturo empezó a reír, desesperado.
La profecía se estaba cumpliendo.
Un niño nacido a primeros de mayo, un aliado,
le había traicionado. Su propio hijo.

Mordred no entendía por qué Arturo se reía,
y pensó que se estaba burlando de él.
Mordred se abalanzó de nuevo sobre el rey, rabioso,
pero Arturo reaccionó rápido, y esquivó el ataque.

Ambos estuvieron mucho rato luchando.
Y, a su alrededor, la batalla tampoco acababa.
Solo se escuchaban gritos:
de dolor, de furia, de impotencia...
y el sonido metálico de las espadas.

Muchos soldados y caballeros cayeron en combate,
también muchos de los caballos.
El campo estaba cubierto de sangre y barro.

Mordred y Arturo estaban malheridos,
pero no se rendían.
Lucharían hasta que solo uno quedara en pie.

«Mi hijo... el único hijo que he tenido...
Y desea mi muerte», pensó Arturo, entristecido.
Pero luego recordó cómo Mordred
le había engañado,
cómo se había aprovechado del afecto que le tenía,
cómo le había traicionado
y se había casado con Ginebra,
a la que tanto había amado...

Arturo simuló que iba a caerse del caballo,
ya agotado por la lucha.
Mordred, al verlo, se confió y bajó la guardia.
Entonces, Arturo aprovechó la ventaja
y, con un movimiento rápido y ágil,
clavó a Excalibur en el corazón de Mordred.

Arturo se acercó al caballero,
que le miraba con los ojos muy abiertos.
Tenía la cara manchada de sangre,
y ahora empezaba a salirle también por la boca.
Arturo le sacó la espada del pecho
y lo sostuvo con la mano
para que no se cayera del caballo.

Se acercó a Mordred, y le dijo al oído:

—Tenías razón. Fui un asesino sin honor.
Me asusté de una profecía
y maté a muchos inocentes.
No tendría que haber condenado a todos esos niños.
Tendría que haberte arrancado
de los brazos de tu madre
y haberte matado con mis propias manos.
Pero mejor tarde que nunca.
Descansa en paz, hijo.

Arturo soltó a Mordred, y este cayó al suelo. Muerto.
Luego, Arturo cayó también de su caballo,
inconsciente.
Estaba gravemente herido.

La batalla continuaba a su alrededor.
Sir Lancelot vio a su rey tendido en el suelo
y llamó a otros caballeros
para que le ayudaran a mover el cuerpo
hacia el bosque.

Cuando llegaron a la primera línea de árboles,
vieron a una mujer correr desde el río hacia ellos.
Era Morgana el Hada.

—¡Proteged al rey! —exclamó sir Lancelot al verla.

Se situó frente a Arturo, en actitud defensiva,
y alzó la espada.

—No temáis, no vengo a hacerle daño. Al contrario.

—¿Por qué deberíamos creeros?
—replicó uno de los caballeros.

—Porque si no confiáis en mí, vuestro rey morirá.
Ayudadme a llevarlo hacia esa barca
—pidió Morgana, señalando la barca
que había en la orilla del río—.Os lo suplico.

Los caballeros obedecieron
y transportaron a Arturo hasta la barca.
Allí, el rey abrió los ojos un momento
y cogió la mano de sir Lancelot.

Le pidió que lanzara su espada, Excalibur,
al lago que había en el Bosque Negro.
Sir Lancelot cogió la espada
y le juró por su honor que así lo haría.

—¿A dónde os lo lleváis? —preguntó sir Lancelot.

—A Avalon. Allí nadie muere,
y podrá recuperarse de sus heridas —dijo Morgana,
justo antes de partir con Arturo
hacia la isla mágica de Avalon.

Después de aquello, la batalla,
también conocida como batalla de Camlann, terminó.
Mordred había muerto, y Arturo ya no estaba allí.

Sir Lancelot cumplió su promesa
y lanzó a Excalibur al lago.
Ginebra abandonó Camelot
e ingresó en un convento, avergonzada por sus actos,
y dolida por la muerte de Mordred
y la desaparición de Arturo.

Los Caballeros de la Mesa Redonda
siguieron luchando con nobleza y valentía.
Y, tal vez sea cierto, o tal vez no, pero se dice
que el pueblo de Britania espera pacientemente
el regreso de su legítimo rey: Arturo.

REFLEXIONA

**Uther Pendragón ordena al duque Gorlois
que le entregue a su mujer, Igraine.
El duque se niega,
y Uther ataca el castillo de Gorlois
y engaña a Igraine, fingiendo ser su marido
gracias a un encantamiento.**

1. ¿Crees que es correcto pedirle a alguien
   que te entregue a su pareja? ¿Si fueras rey o reina,
   lo harías?

2. ¿Qué piensas de que Uther ataque el hogar
   del duque?

3. ¿Fingirías ser otra persona para conquistar
   a la persona que amas?

4. ¿Es correcto que Uther engañe a Igraine
   para acostarse con ella?

5. Igraine finalmente se casa con Uther.
   ¿Hubieras hecho lo mismo en su lugar?

**Morgana se maravilla con la magia de Merlín
durante unas celebraciones en Tintagel.
Quiere convertirse en su aprendiz.**

1. Si existiera la magia,
   ¿te gustaría aprender a usarla o la temerías?
2. ¿Hay algo que te llame la atención
   y que te gustaría estudiar o aprender?
3. Una de las aficiones de Morgana es leer,
   sobre todo, sobre hierbas medicinales.
   ¿Qué aficiones tienes?

**Arturo crece como plebeyo,
y es escudero de su hermano.
Pero su vida da un giro
cuando extrae la espada de la roca
y se convierte en rey.**

1. ¿Has sufrido algún gran cambio en tu vida?
2. ¿Crees que un joven de 16 años
   está preparado para gobernar?
3. ¿Te gustaría estar en el lugar de Arturo?
4. ¿Piensas que nacer en una familia humilde
   condiciona las oportunidades de futuro?

Arturo y Ginebra se enamoran y se casan.
Pero pasado un tiempo, Ginebra engaña a Arturo
con sir Lancelot, un caballero de la Mesa Redonda.

1. ¿Qué piensas de la relación que mantienen
   la reina Ginebra y sir Lancelot?
2. ¿Consideras que está bien engañar a tu pareja?
   ¿Alguna vez está justificado?
3. Lancelot es un Caballero de confianza del rey,
   podrían considerarse amigos.
   ¿Engañarías a un amigo?
   ¿Alguna vez te han mentido? ¿Cómo te sentiste?
4. ¿Te gustaría ser un Caballero y vivir aventuras?

Morgana roba la vaina de Excalibur
para intentar proteger a su hermano,
porque ha visto que sería Ginebra quien la robaría.
Pero el plan no sale según lo previsto,
y creen que Morgana es malvada.

1. ¿Alguna vez has intentado hacer algo
   con buena intención
   pero no ha salido como esperabas?
2. ¿Qué piensas de Morgana?
3. ¿Tienes hermanos? ¿Sientes que debes protegerlos?

Mordred se convierte en miembro de los Caballeros de la Mesa Redonda y se gana la confianza de Arturo, su padre. Pero desde el principio piensa en venganza.

1. ¿Crees que es bueno vivir con rencor durante mucho tiempo?

2. ¿Qué opinas de la venganza? ¿Alguna vez has querido vengarte por algo que te hayan hecho?

3. Mordred acaba muerto y, Arturo, herido gravemente.
¿Piensas que actuar con rencor puede acabar bien?
¿Cómo resuelves los conflictos?